LA HERENCIA
DE ESZTER

Sándor Márai

LA HERENCIA DE ESZTER

Traducción del húngaro de
Judit Xantus Szarvas

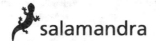

Título original: *Eszter Hagyateka*

Ilustración de la cubierta: «Retrato de Margarita»,
Fernand Khnopff © Christie's Images LTD, 2000

Publicaciones y Ediciones Salamandra, S.A.
Almogàvers, 56, 7º 2ª - 08018 Barcelona - Tel. 93 215 11 99
www.salamandra.info

ISBN: 978-84-7888-567-1
Depósito legal: B-50.218-2007

1ª edición, noviembre de 2000
15ª edición, octubre de 2007
Printed in Spain

Impresión: Romanyà-Valls, Pl. Verdaguer, 1
Capellades, Barcelona

La Herencia
de Eszter

1

No puedo saber qué más tiene Dios previsto para mí. Sin embargo, antes de morir, quisiera poner por escrito el relato del día en que Lajos vino a verme, por última vez, para despojarme de todos mis bienes. Voy postergando la escritura de estas notas desde hace tres años; pero, ahora, tengo la sensación de que una voz, de la cual no me puedo defender, me está apremiando para que escriba la historia de aquel día y de todo lo demás que sé sobre Lajos. Es mi deber, y ya no me queda mucho tiempo para cumplir con él. Las voces así son inequívocas. Por eso las obedezco, en el nombre de Dios.

Ya no soy joven, y mi salud está debilitada: pronto habré de morir. ¿Acaso tengo miedo a la muerte?... Aquel domingo en el que Lajos vino a verme por última vez, se me curó hasta el miedo de morir. El hecho de que sea capaz de esperar a la muerte con tranquilidad, quizá se deba a que el tiempo no me ha perdonado; quizá se deba a los recuerdos, casi tan crueles como el mismo tiempo; quizá sea por un particular estado de gracia que, según las enseñanzas de mi fe, también afecta en ocasiones a los indignos y a los obstinados; quizá sea, simplemente, por el peso de mis experiencias y por una edad ya avanzada. La vida me ha obsequiado de una manera maravillosa, pero también me ha expoliado de una manera implacable... ¿Qué más puedo esperar? Habré de morir, porque la muerte es ley de vida, y porque ya he cumplido con todas mis obligaciones.

Ya sé que «obligaciones» es una palabra mayor, y, ahora que la veo escrita, estoy un tanto asustada: se trata de una palabra llena de vanidad, por la que tendré que responder algún día ante alguien. Me costó tiempo aceptarlas, y obedecí contrariada, clamando y protestando desesperadamente. Fue entonces cuando sentí por primera vez que la muerte puede ser una redención; fue entonces cuando comprendí que la muerte es salvación y profunda paz. Solamente la vida conlleva luchas e infamias. ¡Qué extraña fue aquella lucha! ¿Quién me obligó a librarla? ¿Por qué no pude evitarla? Hice todo lo posible por escapar de ella; pero el enemigo me siguió y me alcanzó. En este momento, sé que él no podía hacer otra cosa. Sé que estamos atados a nuestros enemigos, y que ellos tampoco pueden escapar de nosotros.

2

Si quiero ser sincera —¿qué otro sentido podría tener el hecho de escribir?—, debo confesar que en mi vida y en mis acciones no he encontrado jamás el menor indicio de ira, en su sentido bíblico; ni siquiera la menor emoción, ni tampoco la firme decisión o la dureza que caracterizaban mis opiniones tantas veces repetidas ante los demás en contra de Lajos o de mi propio destino. «Era mi obligación cumplir con mi deber»: ¡qué palabras tan duras y dramáticas son éstas! Uno vive la vida... y un día se da cuenta de si ha cumplido o no con su deber. Empiezo a creer que las decisiones fatales y grandiosas que determinan nuestro destino son mucho menos conscientes de lo que pensamos con posterioridad, en los momentos de reflexión, cuando las recordamos.

Yo, en aquella época, llevaba veinte años sin ver a Lajos y me consideraba inmune a su recuerdo. Un día, sin embargo, recibí un telegrama suyo que me recordó el libreto de una ópera: era patético, peligrosamente pueril y mentiroso, como todo lo que veinte años atrás Lajos me había escrito y dicho, a mí o a los demás... Parecía una declaración solemne; era prometedor, misterioso y obviamente mentiroso, ¡mentiroso hasta el fondo!... Salí al jardín, con el telegrama en la mano, para buscar a Nunu, me detuve en el porche y le dije:

—¡Lajos regresa!

No sé cómo sonó mi voz en aquel instante; pero probablemente no reflejó felicidad. Seguramente hablé como una sonámbula recién despertada. Aquel estado había durado veinte años. Durante veinte años yo había estado caminando así, dormida, al borde de un precipicio, con pasos decididos y sosegados, sonriendo. Entonces, me desperté de golpe y vi la realidad delante de mis ojos; sin embargo, no me sentí mareada. Nunca más me he sentido mareada. En la realidad, en la realidad de la vida y de la muerte, hay algo tranquilizador.

Nunu estaba cuidando los rosales. Me miró desde donde estaba, entre las rosas, parpadeando bajo la luz del sol, vieja y tranquila.

—Por supuesto que sí —dijo.

Siguió ocupada con los rosales.

—¿Cuándo llegará? —me preguntó.

—Mañana —le respondí.

—Bien —dijo—. Guardaré los objetos de plata bajo llave.

Me eché a reír. Sin embargo, Nunu se mantuvo seria. Más tarde, se sentó a mi lado, en el banco de piedra, y leyó el telegrama. «Llegaremos en auto-móvil», anunciaba Lajos. Por el plural concluimos que también traería a los niños. «Seremos cinco», añadía el mensaje. Nunu empezó a pensar en el pollo, la leche, la nata. «¿Quiénes serán los otros dos?», nos preguntamos. «Nos quedaremos hasta la noche», explicaba también, y proseguía con una lluvia de palabras inútiles y rocambolescas, palabras que Lajos era incapaz de ahorrarse, aunque fuera en un telegrama.

—Son cinco personas —dijo Nunu—. Llegarán por la mañana y se quedarán hasta la noche. —Los viejos y exangües labios se movieron sin pronunciar palabra: estaba calculando, sumando; echaba la cuenta de los gastos del almuerzo y de la cena.

A continuación dijo:

—Sabía que regresaría. ¡Ya no se atreve a venir solo! Trae a sus ayudantes, a los niños y a unas personas desconocidas. Sin embargo, aquí ya no queda nada.

Estábamos sentadas en el jardín, mirándonos. Nunu cree saberlo todo sobre mí. Quizá conozca la verdad, la simple verdad, última y definitiva, esa verdad que tratamos de ocultar de mil maneras distintas. La omnisciencia de Nunu siempre ha tenido unos tintes de orgullo herido. Pero ella siempre ha sido muy buena conmigo, bien que a su manera seca y lúcida. Y yo siempre he terminado rindiéndome ante ella. En medio de la bruma, invisible y

11

húmeda, que había cubierto mi vida durante aquellos últimos años, Nunu había sido como una lamparilla, como una luz tenue y suave, cuya claridad me guiaba.

Sabía que en ese momento ella no podía pensar en nada tan peligroso, en nada tan temible como lo que yo imaginaba, puesto que el telegrama sólo le había recordado los objetos de plata que tenía que guardar bajo llave a la llegada de Lajos. «Qué exagerada», pensé, interpretando sus palabras como una broma. Al mismo tiempo sabía que, en el último momento, Nunu guardaría de verdad los objetos de plata, y también sabía que más adelante, cuando ya no se tratase de ningún objeto de plata, cuando ya se tratase de todo lo que no se puede guardar, Nunu estaría cerca de mí, a mi lado, con sus llaves, vestida de negro, con sus arrugas, callada, parpadeando con cautela. Igualmente sabía que ya nadie, ningún ser humano, podría salvarme. Ni siquiera Nunu. Sin embargo, saber todo eso no me servía de nada.

De repente, me puse contenta, como alguien que se halla fuera de todo peligro, y me acuerdo de que bromeé con ella. Estábamos sentadas en el jardín escuchando el zumbido de los abejorros borrachos por los perfumes del otoño, conversando largamente sobre Lajos, sobre los niños, sobre Vilma, mi hermana muerta. Estábamos sentadas delante de la casa, debajo de la ventana tras la cual había muerto mi madre, veinticinco años atrás. Estábamos sentadas enfrente de los tilos, enfrente

12

del panal de mi padre, cuyas colmenas estaban ya vacías. A Nunu nunca le había gustado entretenerse con la apicultura, y un día vendimos las dieciocho familias de abejas. Era septiembre, y los días desprendían todavía un calor suave. Estábamos sentadas en medio de una seguridad bien familiar, la seguridad de un naufragio, y de una felicidad sin deseos. «¡Qué va! —pensé—. ¿Qué más puede llevarse Lajos de aquí? ¿Los objetos de plata? ¡Qué acusación más ridícula! ¿Qué valor pueden tener unas cuantas cucharas abolladas de plata?» Calculé que Lajos habría pasado ya de los cincuenta. De hecho, aquel verano había cumplido cincuenta y tres años. Unas cuantas cucharas de plata ya no le servirían para mucho... Y si le servían para algo, pues que se las llevara. Supuse que Nunu habría pensado lo mismo. Soltó un suspiro, se puso de pie, entró en la casa y desde el porche me dijo:

—No te quedes mucho tiempo con él a solas. Invita a almorzar a Laci, al tío Endre, a Tibor, como otros domingos que pasáis juntos, en grata compañía. Lajos siempre le tuvo miedo a Endre. Creo que le debe todavía algún dinero —y, echándose a reír, añadió—: pero ¿a quién no le debe algo?

—Lo han olvidado todos —dije, y también me reí.

Ya lo estaba defendiendo. ¿Qué otra cosa podía hacer? Él ha sido la única persona en toda mi vida a quien he amado.

3

El telegrama con la noticia del peligro, o de la felicidad, había llegado el sábado alrededor del mediodía; pero la tarde y la noche previas a la aparición de Lajos las recuerdo sólo vagamente. Nunu tenía razón: yo ya no tenía miedo a Lajos. Se puede tener miedo a alguien a quien amamos o a quien odiamos, a alguien que ha sido muy bueno o muy cruel con nosotros, a alguien que ha sido infame a propósito. Sin embargo, Lajos nunca había sido cruel conmigo, si bien es verdad que tampoco había sido bueno, bueno en el sentido que interpretan la bondad los libros escolares. ¿Había sido infame? Yo nunca lo había sentido así. Es verdad que mentía, que mentía tal como sopla el viento, con la fuerza y la alegría de la naturaleza. Sabía mentir de una manera totalmente convincente. A mí, por ejemplo, me había mentido diciéndome que me amaba, que solamente me amaba a mí. Más tarde, se casó con mi hermana Vilma. Sin embargo, después me di cuenta de que él no lo había planeado:

15

el engaño, la intención deliberada o los pensamientos malvados nunca habían guiado a Lajos. Había dicho que me amaba —y ni siquiera dudo ahora de sus palabras—, y sin embargo se había casado con Vilma, quizá porque ella era más guapa que yo o porque el día en que le pidió la mano soplaba viento de levante, o porque Vilma lo deseaba así. Él nunca me explicó el porqué.

La noche en que esperábamos a Lajos —yo sabía que iba a ser la última vez que lo vería en mi vida—, tardé mucho en acostarme: estuve ordenando mis regalos y mis recuerdos, preparándome para la visita; y, antes de dormirme, leí las cartas que me había escrito. Hasta hoy creo, de una manera supersticiosa —y releyendo sus cartas mis creencias se volvieron todavía más fuertes, más convincentes—, que en Lajos se escondía una fuente inagotable de fuerza, como la que tienen los arroyos subterráneos que corren ocultos por las entrañas de los montes sin una dirección determinada, perdiéndose en las cuevas sin dejar rastro. Aquella fuerza no la utilizaba nadie, no la canalizaba nadie. En la noche anterior a su fantasmal visita, al releer sus cartas, me quedé asombrada por la intensidad de aquella fuerza. En cada carta se dirigía a mí de tal manera que era capaz de conmover no sólo a una persona, a una mujer sentimental, sino también a muchos otros, quizá incluso a multitudes. Sin embargo, no tenía nada especial que decir; sus cartas no revelaban ningún talento profundo, digno de un escritor; sus adjetivos eran descuidados y su escritura desaliñada, pero su manera de expresarse era, en cada línea, total e inequívocamente suya, ¡sólo suya! Siempre escribía sobre la realidad, sobre una realidad imaginada que acababa de conocer y que quería hacerme conocer a mí con toda urgencia.

Nunca hablaba de sus sentimientos, ni siquiera de sus planes: describía la ciudad donde se encontraba con una fuerza y una veracidad tales que yo podía ver las calles, la habitación donde Lajos estaba escribiendo la carta, y hasta podía oír las voces de las personas que el día anterior le habían dicho algo divertido o interesante; él esbozaba cualquier proyecto que le tuviera ocupada la mente, y todo revivía de una manera maravillosa en sus cartas. Solamente que —y esto lo podía percibir incluso un lector cualquiera— nada de todo aquello era verdad; o bien era verdad de una manera distinta de como Lajos lo describía, y la ciudad que él representaba con la fidelidad de un cartógrafo, probablemente sólo existía en la luna. Él describía en sus cartas esa realidad plagada de mentiras con extremo cuidado. De la misma manera que describía las personas y los paisajes: con una precisión cuidada y minuciosa, con la precisión de un experto.

Yo leía sus cartas, y me emocionaba. «Quizá hemos sido todos demasiado débiles a su lado», pensé. Cerca de la medianoche, empezó a soplar un viento cálido alrededor de la casa, así que me levanté de la cama y cerré las ventanas. Con la debilidad propia de las mujeres —que no quiero aquí tratar de justificar— me detuve delante del espejo que antaño había decorado el tocador de mi madre y me estuve observando durante un buen rato. Sabía que todavía no parecía muy mayor. Los últimos veinte años, gracias a la benevolencia del destino, casi no habían dejado huella en mi aspecto. Nunca había sido fea, pero tampoco pertenecía al tipo de mujeres que atrae a los hombres por su belleza; yo solamente les inspiraba respeto y unos sentimientos poco definidos e imprecisos de atracción hacia mi persona. No había engordado, gracias a mis labores en el jardín o a mi físico: siempre he sido alta, delgada, y poseo un cuerpo bien proporcionado. Mis cabellos tenían ya unas cuantas canas, pero éstas pasaban desapercibidas entre la rubia cabellera que era lo más llamativo de mi aspecto. El tiempo me había dibujado unas cuantas arrugas, muy finas, alrededor de los ojos y de los labios; mis manos tampoco eran como antaño y habían desmejorado un tanto con las labores de la casa. Sin embargo, yo me contemplaba en el espejo como una mujer que espera a su amante.

El momento era bastante ridículo: yo había cumplido ya los cuarenta y cinco; Lajos llevaba tiempo viviendo con otra mujer e incluso era posible que se hubiera vuelto a casar. Durante los últimos años no había tenido absolutamente ninguna noticia de él. En ocasiones, había leído su nombre en los periódicos, y una vez lo mencionaron en relación con un juicio político escandaloso. No me sorprendió que su nombre apareciera —para bien o para mal— en las páginas de los diarios. Pero el ruido de aquel escándalo se apagó, y más tarde leí en alguna parte que se había batido en duelo, en el patio de un cuartel; que había disparado al aire y que no había resultado herido. Todo aquello encajaba perfectamente con su forma de ser: el duelo y que saliera ileso. Tampoco había estado nunca enfermo; por lo menos yo no me había enterado de ello. «Su destino no se lo permite», pensé. Me volví a acostar, con mis cartas, con mis regalos y mis recuerdos, y con la conciencia amarga de mi juventud perdida.

Mentiría si confesase aquí que me sentía especialmente desgraciada en aquellos momentos. Hubo otro tiempo en que sí; veinte, veintidós años antes sí que había sido infeliz. Con el tiempo, aquel sentimiento se coaguló dentro de mí, como se coagula la sangre de una herida, pero la fuerza que apagó en mí el bullicio del dolor me era desconocida. Existen heridas que el tiempo no puede sanar, y yo sabía que no estaba curada. Sólo que algunos años después de nuestra «separación» —me es muy difícil encontrar las palabras adecuadas para describir lo sucedido entre Lajos y yo— lo inaguantable ya me resultaba natural, sencillo. Ya no sentía la necesidad de acudir a otras personas para que me ayudaran, ya no pedía socorro a gritos al policía, ni al médico, ni al cura. De alguna manera, me mantenía con vida... Un día empezaron a acercárseme ciertas personas que afirmaban que me necesitaban. Luego, en dos ocasiones, me pidieron la mano: Tibor, que es unos años más joven que yo; y Endre, a quien sólo Nunu designa con la palabra «tío», aunque tenga la edad de Lajos. Solventé lo mejor que pude aquellos difíciles compromisos que casi parecieron un contratiempo, y los pretendientes se transformaron en buenos amigos. Una noche llegué a pensar que, de una manera maravillosa, la vida había sido más piadosa conmigo de lo que yo misma había esperado.

4

Pasada la medianoche, Nunu se presentó en mi habitación. Nuestra casa seguía sin luz eléctrica —mi madre no había querido saber nada de tal invento y, más tarde, después de su muerte, pospusimos eternamente la contratación, por razones de ahorro—, así que las visitas de medianoche de Nunu eran, por lo general, bastante teatrales. Se detuvo en la puerta, llevando en la mano una vela de llama oscilante, con los blancos cabellos despeinados, vestida con una bata, a la manera de una aparición.

—Lady Macbeth —le dije entre sonrisas, pues sabía que vendría a verme—, acércate y siéntate a mi lado.

Nunu es el pariente que se ha encargado de desempeñar el papel de todos los demás parientes en mi casa. Llegó treinta años atrás, a raíz de una migración familiar, típica de todas las sagas. Provenía de una primigenia familia y de un complicado tejido tribal de tías y primas. Llegó para una visita, para pasar en casa algunas semanas, y se quedó porque se la necesitaba. Se quedó para siempre, puesto que poco a poco murieron todos los que la precedían en el escalafón familiar. Con los años y las décadas Nunu fue avanzando en dicho escalafón, como en una oficina, hasta que un día ocupó el lugar de mi abuela: se cambió a su habitación en el primer piso y empezó a desempeñar las funciones de la difunta. Más tarde, murió mi madre, y luego Vilma. Un día Nunu se dio cuenta de que ya no estaba suplantando a nadie y constató que ella, la advenediza, que ella, la sobrante, se había convertido en la verdadera familia.

Los éxitos conseguidos en aquella complicada carrera no se le subieron a la cabeza. Nunu nunca quiso ser una segunda madre para mí, ni intentó desempeñar el papel de padre de familia. Con los años, se volvió cada vez más parca en palabras, cada vez más sobria; tan cruel y sobria como si hubiese experimentado todas las aventuras de la vida. Se hizo totalmente indiferente, como si se tratase de un objeto o de un mueble —Laci observó en una ocasión que Nunu estaba perdiendo el barniz, como un antiguo armario de nogal—. Siempre se vestía igual, tanto en verano como en invierno, con un vestido negro, de tela lisa, ni muy fina ni muy burda; y siempre tenía un aire ligeramente festivo, tanto a mis ojos como a los de los invitados. Durante los últimos años, tan sólo hablaba lo necesario, y de su vida nunca contó nada. Yo sabía que ella quería tomar parte en todas mis preocupaciones y en todas mis tristezas, pero sin reclamarlo con palabras. Cuando decía algo, era como si terminara una larga discusión, una discusión vehemente y apasionada sobre el tema en cuestión y como si con sus parcas palabras Nunu pusiera el punto final a tal discusión. Así me preguntó aquella noche, sentándose en el borde de mi cama:

—¿Has hecho tasar el anillo?

Me senté en la cama y me froté las sienes. Sabía a qué se refería, y también sabía que tenía razón. Nunca habíamos hablado del asunto, creo que tampoco le había enseñado el anillo, y, sin embargo, sabía que ella tenía otra vez razón, que el anillo era falso, como yo también lo sospechaba. En asuntos así Nunu era insuperable. «¿Cuándo habrá oído hablar del anillo?», pensé, pero rechacé inmediatamente tal pregunta: puesto que era natural que Nunu supiera todo sobre mi casa, mi familia, mi persona y mi vida; sobre lo que se escondía en el desván y en el sótano o en la vida de mi hermana muerta; también era natural que supiera todo sobre el anillo. Yo había olvidado por completo la historia del anillo, porque me resultaba incómodo pensar en ello. Cuando murió Vilma, Lajos me regaló el anillo que había pertenecido a mi abuela. Un anillo de platino con un diamante de tamaño mediano que era el único objeto de valor de la familia. No entiendo cómo lo pudimos conservar durante tantos años. Incluso mi padre lo respetaba, de una manera supersticiosa, llena de tacto; mi padre, que por otra parte nunca tuvo ningún reparo en deshacerse de sus pertenencias, de sus objetos de valor, ni de sus tierras. Guardamos el anillo durante cuatro generaciones, como si fuera un diamante legendario de incalculable valor, una de esas piedras preciosas catalogadas, un Koh-i-noor, que sólo se luce en las ocasiones festivas de las grandes dinastías, en la mano o en la frente de alguno de sus miembros, y que a nadie se le ocurriría poner en venta. Yo no conocía el auténtico valor de aquella piedra. De todas formas, debe de haber sido bastante valiosa, aunque seguramente no tanto como rezaba la leyenda familiar. De mi abuela pasó a mi madre y, después de su muerte, Vilma heredó el anillo. Cuando ella murió, Lajos, en uno de sus momentos sentimentales y patéticos, me obligó a aceptarlo.

Me acuerdo muy bien de aquella escena. A Vilma la habíamos enterrado aquella tarde. Al regresar del camposanto, me acosté, agotada, en el sofá de mi habitación, a oscuras. Entró Lajos, vestido de luto —había cuidado hasta el último detalle de su traje de luto, como si se vistiera de gala para un desfile militar. Me acuerdo de que mandó, incluso, hacer unos gemelos negros para los puños de la camisa—, y me entregó el anillo, pronunciando unas palabras con tono fúnebre. Yo estaba tan cansada y tan confusa que no entendí el significado exacto de sus palabras. Observé con distracción cómo depositaba el anillo en la mesilla que había al lado del

24

sofá, y tampoco me resistí cuando me volvió a llamar la atención sobre la joya, poniéndomela en el dedo. «El anillo te pertenece», me dijo con un tono grandilocuente y melancólico. Luego, recapacité. El anillo debería pertenecer a Eva, la hija de mi hermana fallecida, por supuesto. Pero Lajos se opuso de manera tajante a tal interpretación. Un anillo así no es simplemente un objeto de valor, sino también un símbolo, el símbolo del escalafón familiar. Después de la muerte de mi madre y de Vilma, me correspondía tenerlo a mí, a la hija menor. No me sentí capaz de discutir con él.

Me callé y lo guardé. Naturalmente, ni por un instante se me ocurrió quedarme con aquel objeto de valor. Mi conciencia y la carta que dejé para el caso de mi muerte —que estaba junto con el anillo, en el cajón de la cómoda donde tenía mi ropa interior— eran testigos de que yo guardaba el anillo para Eva, ya que había dispuesto en dicho documento que ella lo recibiese después de mi muerte. Más tarde decidí que se lo enviaría para su compromiso o para su boda, el día en el que ella se casara. La carta contiene instrucciones precisas sobre mis pocas pertenencias, y designa sin dejar lugar al menor equívoco a los hijos de Vilma como herederos, con la única condición de que la casa y el jardín no se vendan mientras Nunu esté viva. Tengo la sensación de que Nunu vivirá muchos años más. ¿Por qué no? No tiene ninguna razón para morir, de la misma manera que tampoco tiene razón alguna para vivir. Seguramente, me sobrevi-virá. Este pensamiento es tranquilizador y ventu-roso para mí.

Guardé el anillo, porque no quise discutir con Lajos y porque intuí que aquel humilde objeto de valor —que en nuestra situación familiar podría un día ayudar a alguien, pues con su venta se financia-ría la dote de una muchacha— estaría en mejores manos de esta manera que en medio del desorden que existía alrededor de Lajos, que crecía aprisa, como la maleza en verano. Pensé que él lo vendería, que se lo jugaría a las cartas, y me sentí un tanto conmovida porque me lo hubiese entregado. En aquellos momentos... ¡Dios mío, dame fuerzas para ser completamente sincera! Sí, en los mo-mentos en que enterramos a mi hermana, yo tuve la esperanza de que se podría remediar la vida de Lajos, la de los niños y, quizá, incluso la mía pro-pia. El anillo ya no importaba tanto, se trataba de todo lo demás... Con esa esperanza lo guardé. Por eso lo conservé también después de que nos sepa-ráramos; por eso lo escondí entre mis regalos y re-cuerdos, junto con mi testamento.

Durante los años posteriores, cuando ya no mantenía contacto con Lajos, no saqué nunca el anillo de su sitio, pero sabía, con la certeza del so-námbulo, que el anillo era falso.

«Sabía»... ¡Qué palabra! Nunca tuve el anillo en la mano. Me daba miedo. Me daba miedo esa certeza que nunca me atreví a expresar en palabras.

Sabía que todo lo que Lajos tocaba perdía su consistencia original; que se descomponía y que cambiaba, como los metales nobles en el crisol de los magos de antaño... Sabía que Lajos era capaz de volver falsas incluso a las personas, no solamente las piedras o los metales. Sabía que un anillo no podía mantener su noble inocencia entre las manos de Lajos. Vilma había estado enferma durante años y no había podido atender los asuntos de su casa. Lajos dispuso de todo sin ningún control y bien pudo hacerse con el anillo... Así que en el mismo momento en que Nunu hizo aquella pregunta, supe que el anillo era falso. Lajos me había engañado con el anillo, como me había engañado con todo lo demás. Me enderecé en la cama, seguramente estaba pálida.

—¿Tú lo has hecho tasar?

—Sí —respondió Nunu con tranquilidad—. Un día que tú no estabas y que me dejaste las llaves. Lo llevé al joyero. Había hecho cambiar incluso el platino. Lo cambió por otro metal del mismo color, que no tiene ningún valor. Oro blanco, me dijeron. Hizo cambiar también la piedra. El anillo así, tal cual, no vale más que unos céntimos.

—No es verdad —objeté.

Nunu se encogió de hombros.

—Vamos, Eszter... —me dijo en tono severo, de reproche.

Yo callaba y miraba la llama de la vela. Claro, si lo decía Nunu, tenía que ser verdad. ¿Por qué negar que yo lo sospechaba desde el momento en que Lajos me lo había entregado? ¿Por qué negar que intuía que era falso? «Todo lo que él toca, se vuelve falso. Su aliento es como la peste», pensé, y apreté los puños con rabia. No por el anillo... ¿qué importaba ya, a esas alturas de mi vida, un anillo falso o varios? Todo se volvía falso, todo lo que él había tocado. Luego, pensé otra cosa y le dije a Nunu:

—¿Es posible que me lo entregara después de haber calculado las consecuencias? ¿Porque tuviera miedo de que trataran de encontrarlo los niños, o cualquier otra persona?... Al ser el anillo falso, ¿me lo entregó para que me lo tuvieran que reclamar a mí? ¿Para que, cuando se dieran cuenta de que era falso, me acusaran a mí?...

Reflexionaba en voz alta, como normalmente solía hacer en presencia de Nunu. Si alguien conoce a Lajos, es precisamente la vieja Nunu; ella lo conoce a fondo, hasta sus últimos pensamientos, incluso hasta los que él ni siquiera se atreve a confesarse a sí mismo. Nunu es una persona justa. Respondió en un tono tierno, pero seco:

—No lo sé. Es posible. Sin embargo, eso sería una infamia demasiado calculada. Lajos no es tan calculador. Nunca ha cometido ningún crimen. A ti, te amaba. No creo que haya tenido la intención de arrastrarte a una infamia con lo del anillo. Simplemente debió de venderlo porque necesitaba dinero, y después no tuvo el valor de confesarlo. Así que mandó hacer una copia y te entregó el anillo falso... ¿Por qué? ¿Por mero cálculo? ¿Por pura maldad? Quizá sólo quería demostrar su generosidad. El momento era tan apropiado... Regresáis del entierro de Vilma, y él, Lajos, como primer gesto, te entrega el único objeto de valor de la familia. En cuanto me contaste esa escena tan bonita comencé a sospechar. Por eso hice después que lo tasaran. Es falso... Falso —repitió con un tono apagado, mecánico.

—¿Por qué no me lo dijiste antes? —le pregunté.

Nunu se apartó de la frente unos mechones de su cabello blanco.

—No siempre conviene decir las cosas así, sin más —respondió casi con dulzura—. Ya habías sufrido suficientes maldades por parte de Lajos.

Me levanté de la cama, me dirigí a la cómoda y busqué el anillo en el cajón secreto. Nunu me ayudaba con la luz oscilante de la vela. Luego, acerqué el anillo a la luz de la llama y lo examiné. No entiendo nada de piedras.

—Trata de rayar el espejo con la piedra —me sugirió Nunu.

La piedra no dejó rastro en el espejo. Me puse el anillo en el dedo, y lo estuve mirando, así. La piedra no tenía ningún brillo. Era una copia perfecta, hecha seguramente por un maestro.

Estuvimos otro rato sentadas en el borde de la cama, mirando el anillo. Luego, Nunu me dio un beso, suspiró y se fue sin decir palabra. Yo me que-

dé otro rato largo sentada, observando la falsa piedra. Pensé que Lajos, sin haber llegado todavía, ya
me había arrebatado algo. «Parece que no puede
ser de otra manera. Es ley de vida, su ley de vida.
Qué ley más terrible», pensé, y me puse a tiritar.
Así me dormí, tiritando de frío, con el falso anillo
en el dedo, aturdida, como alguien que después de
pasar muchos años encerrado en una habitación
sale de repente al exterior y se marea con el aire
fuerte y cruel, con el viento de la realidad.

5

El día en que Lajos regresó, era un domingo de finales de septiembre. Era un día de calor, transparente y luminoso; entre los árboles volaban los hilos desprendidos de las telarañas, el aire era tan limpio que brillaba y lo envolvía todo con su esmalte níveo, y el paisaje y el cielo eran tan etéreos como si los hubiesen pintado con acuarelas. Por la mañana salí al jardín, temprano, y corté dalias para llenar tres jarrones. El jardín no es muy grande, pero rodea la casa por completo. No eran todavía las ocho. Estaba de pie en aquel silencio infinito, en medio del jardín cubierto de rocío, cuando, de repente, oí una conversación que provenía del porche. Reconocí las voces de mi hermano y de Tibor. Hablaban en voz baja, y en el silencio matutino pude escuchar claramente todas sus palabras, como si me llegasen los tañidos de una campana.

Al principio, tuve la intención de avisarlos, de hacerles saber que los estaba escuchando, que no estaban solos. Sin embargo, la primera frase que oí, pronunciada con un tono forzado, me obligó a guardar silencio. Mi hermano Laci hacía esta pregunta:

—¿Por qué no te casaste con Eszter?

—Porque ella no quiso casarse conmigo —le respondió el otro.

Reconocí la voz de Tibor, y mi corazón latió con fuerza. Sí, era Tibor, con su voz silenciosa y sosegada, una voz que reflejaba bondad, veracidad y cierta tristeza, paciencia y ecuanimidad. «¿Por qué le estará Laci preguntando eso?», me dije, enfadada y nerviosa. Las preguntas de mi hermano suelen ser inquisidoras, con toques de una excesiva confianza y de cierta agresividad. Laci no tolera ningún secreto a su alrededor. Sin embargo, a todos nos gusta guardar ciertos secretos. Cualquier persona habría tratado de esquivar una pregunta así, y habría protestado por tanta confianza. Sin embargo, Tibor había respondido en voz baja, con exactitud y sinceridad, como si le estuviesen preguntando por los horarios de los próximos trenes.

—¿Y por qué no quiso ella casarse contigo? —preguntó mi hermano con agresividad.

—Porque amaba a otro.

—¿A quién? —inquirió mi hermano con voz apagada y con crueldad.

—A Lajos.

Callaron. Oí que uno de ellos encendía una cerilla para fumar. Y, luego, en el silencio, cómo Tibor la apagaba con un soplo. La siguiente pregunta, que yo ya estaba esperando, llegó con la precisión del trueno después del relámpago. Otra vez era Laci quien preguntaba:

—¿Sabes que él vendrá aquí hoy?

—Lo sé.

—¿Qué querrá?

—No lo sé.

—¿A ti también te debe dinero?

—Dejemos eso —dijo Tibor, con un tono desganado—. Ha pasado mucho tiempo desde aquello. Ya no importa.

—Porque a mí, sí que me debe —continuó Laci, como un niño orgulloso que quiere lucirse—. Me pidió hasta el reloj de oro de mi padre. Me lo pidió prestado por una semana, hace diez años; no, espera, hace doce; y todavía no me lo ha devuelto. Un día se llevó todas mis enciclopedias. Prestadas. Nunca más he vuelto a ver aquellas enciclopedias. Otro día me pidió trescientas coronas. Pero no se las di —dijo la voz, con un entusiasmo infantil.

La otra voz, más profunda y más silenciosa, le respondió con desgana y humildad:

—Tampoco habría sido una gran desgracia si se las hubieses dado.

—¿Tú crees? —preguntó Laci, un tanto avergonzado.

Yo estaba de pie, allí, entre las flores, y me parecía ver su rostro enrojecido, de niño envejecido, su confusa sonrisa.

—¿Qué piensas? ¿Crees que sigue amando a Eszter?...

La respuesta a esa pregunta tardó en llegar. Yo hubiese preferido interrumpirlos, pero ya era tarde. En aquella situación ridícula, me sentía sola y envejecida, allí, entre las flores de mi jardín; como en un poema anticuado, en la mañana en que esperaba la visita del hombre que me había engañado y expoliado, en la casa donde había ocurrido todo, en la casa donde había transcurrido toda mi vida, allí donde guardaba en una cómoda las cartas de Vilma y de Lajos, junto con el anillo falso —esto lo sabía con certeza desde la noche anterior, aunque lo hubiera intuido muchísimo antes de una manera confusa—. En esa situación dramática, mientras escuchaba una conversación en secreto, de repente me di cuenta de que la respuesta a la última pregunta, la única pregunta que me interesaba, tardaba considerablemente: Tibor, el juez imparcial, sopesaba sus palabras.

—No lo sé —dijo después—. No lo sé —repitió en un tono todavía más grave, como si estuviera discutiendo con alguien—. Los amores sin esperanza no terminan nunca —concluyó.

Hablando en voz baja, entraron en la casa. Oí que me estaban buscando. Puse las flores en el banco de piedra, me acerqué al final del jardín, al pozo, me senté en el banco donde hacía veintidós años Lajos me había pedido en matrimonio, me puse las manos sobre el corazón, ajustándome la rebeca de punto, porque tenía frío, miré hacia la carretera y, de repente, no entendí la pregunta de Laci.

6

El día en que Lajos llegó por primera vez a casa, hace muchísimos años, Laci fue el primero en recibirlo con una desbordada simpatía. En aquel entonces, los dos eran considerados por todos «grandes promesas». Nadie sabía decir con total exactitud qué «prometían» Laci y Lajos; pero cualquiera que los oyera hablar quedaba convencido de que eran muy prometedores. Lo que era común en sus caracteres —una completa ausencia del sentido de la realidad, una marcada tendencia a las ensoñaciones desordenadas, una necesidad inconsciente de mentir— los acercaba con una fuerza irrefrenable, como la fuerza que une a dos enamorados.

Laci introdujo a Lajos en nuestra familia con muchísimo orgullo. Se parecían hasta en el físico: los dos tenían un aire romántico del siglo pasado, algo que siempre me había gustado en Laci y que descubrí con simpatía en Lajos. Hubo una época en que se vestían de la misma manera, y la ciudad se llenaba con las fechorías poco serias que cometían de manera ostentosa. Sin embargo, todo el mundo los perdonaba porque eran jóvenes y simpáticos y, al fin y al cabo, nunca cometieron ninguna indecencia. Se parecían de una manera pavorosa, en cuerpo y en alma.

Esa amistad —que en los años de universidad ya se mostraba inquietantemente íntima— no disminuyó cuando Lajos empezó a mostrar interés hacia mí, sino que tan sólo se transformó de un modo extraño. Hasta un ciego hubiera podido ver que Laci, de una manera ridícula, estaba celoso de Lajos. Hacía todo lo que podía para ligar a su amigo a la familia y, al mismo tiempo, no veía con buenos ojos las atenciones de Lajos hacia mí; intentaba interrumpir nuestros momentos de tímida intimidad y se burlaba de las señales pusilánimes de nuestra simpatía mutua que cada vez iba a más. Laci estaba celoso, pero de una manera extraña, o quizá no tan extraña: sus celos sólo me abarcaban a mí. Cuando Lajos se casó con Vilma, Laci pareció contento y se comportó con ternura y abnegación. Todos en la familia sabían que yo era la preferida de Laci, que era su «punto débil». Más tarde llegué a pensar que quizá las simpatías y las antipatías de Laci hubiesen influido en la infidelidad de Lajos. Sin embargo, nunca pude encontrar pruebas para tal suposición.

Aquellos dos jóvenes parecidos, aquellos dos caracteres casi idénticos ansiaban la mutua amistad y trataban de superarse en ese afán. En una época, cuando Lajos recibió su herencia, vivieron juntos en la capital, en un fantástico piso de soltero que yo nunca llegué a conocer y que, según Laci, constituía el escenario más importante de los encuentros espirituales y sociales de aquellos tiempos; pero tengo fundadas razones para dudar de la importancia de aquellas reuniones.

El hecho es que vivían juntos, tenían dinero —Lajos entonces era casi rico, y Laci sólo puede mencionar con un resentimiento infantil el reloj de oro y el dinero prestado a Lajos, puesto que él, en los tiempos efímeros de la abundancia, gastaba en todo y en todos, incluido, por supuesto, en su amigo—, escogían a algunos de los más ávidos miembros de la juventud dorada del fin de siglo feliz y ocioso y, según pude constatar más tarde, llevaban una vida digna de una novela de aventuras. No quiero decir que organizaran grandes juergas. A Lajos no le gustaba beber, y Laci evitaba trasnochar. Más bien vivían en un *dolce far niente* costoso, complicado y exigente, que las personas ajenas a ellos podían confundir fácilmente con una actividad febril, profunda y decidida, con un modo de vivir exquisito, o con un nuevo estilo de vida —ésa era la expresión favorita de Lajos— para cuya realización esos dos jóvenes se habían aliado. La verdad era que se pasaban los días mintiendo y soñando. Pero yo sólo me enteré de ello mucho más tarde.

Con Lajos, el nuevo amigo, llegó a nuestra casa una agitación novelesca. Él contemplaba nuestras diversiones rurales y nuestra manera de vivir con benevolencia, pero con un ligero desprecio condescendiente. Nosotros sentíamos su superioridad e intentábamos vencer, asustados, nuestros fallos. De repente, empezamos a leer, especialmente a los autores que Lajos nos recomendaba, a leerlos con una aplicación y una humildad desmedidas, como si nos estuviésemos preparando para un examen decisivo de la vida. Más tarde nos enteramos de que Lajos nunca había leído las obras de aquellos autores y pensadores, o que sólo las había hojeado de una forma superficial. Sin embargo, llamaba nuestra atención sobre esos libros y sobre sus ideas con muchísimo énfasis, con benevolencia y severidad, reprendiéndonos por tales desconocimientos. Sus hechizos funcionaban con rapidez, como los embrujos malvados de las ferias. Nuestra pobre madre fue la primera en dejarse atrapar por completo. Leímos sin parar, bajo los efectos de Lajos y en su honor, y nos vestimos de una manera totalmente diferente de la de antes; desarrollamos una vida social, también distinta de la anterior, y hasta cambiamos los muebles de la casa.

Todo aquello costaba mucho dinero, y nosotros no éramos ricos. Nuestra madre esperaba a Lajos con ansiedad y se disponía para sus visitas, como si se preparara para un examen. Se aplicó en comprender las obras de los filósofos alemanes contemporáneos, porque un día Lajos había preguntado con condescendencia si conocíamos las ideas de un tal B. de Heidelberg. Pero, como no las conocíamos, nos pusimos enseguida a leer sus libros, llenos de ideas elevadas y un tanto confusas, sobre la vida y la muerte. Nuestro padre también se aplicaba en mejorar. Bebía menos, se controlaba especialmente cuando teníamos invitados y se escondía de los ojos inquisidores de Lajos, ocultando su vida triste y llena de parches. Los invitados, mi hermano y Lajos venían a vernos cada fin de semana.

En esos fines de semana, la casa se llenaba de gente parlanchina. La sala de estar se transformó en un salón, o algo parecido, donde Lajos recibía a las personas más significativas de la ciudad, a unas personas que hasta entonces nos habían parecido más sospechosas que significativas, a unas personas a quienes nunca habíamos recibido en nuestra casa. De repente, entraban y salían a su antojo. Mi padre andaba con timidez entre sus invitados de los fines de semana, vestido con un traje desgastado, los trataba con una amabilidad a la antigua usanza, y ni siquiera se atrevía a encender su pipa... Lajos recibía en audiencia, distribuía sus miradas llenas de reproches o de reconocimiento, elevando a algunos a los cielos, mandando a otros al infierno. Aquello duró tres años enteros.

No eran ellos —mi hermano y su peculiar amigo— unos vividores ni unos maleducados. Al final del primer año de haberse conocido, todos nos tuvimos que dar cuenta forzosamente de que Laci se encontraba en una situación de dependencia con respecto a Lajos, de la misma manera que mi madre, que Vilma y que, más tarde, yo misma. Podría mencionar que yo fui la que más se resistió a ese embrujo malvado, la que se mantuvo cuerda durante más tiempo, pero tal victoria sería un consuelo demasiado pobre. Sí, yo veía más allá de su fachada, me daba cuenta de cómo era y, sin embargo, estaba dispuesta a servirle de una manera ciega y ansiosa. Era tan sumamente serio y tierno...

Sus estudios universitarios, como nos dimos cuenta bastante pronto, los había abandonado junto con Laci. Decía —me acuerdo de las palabras que pronunciaba de pie, al lado de la ventana, en el crepúsculo, y también me acuerdo de los rizos que le cubrían la frente, cuando su voz sonaba con desilusión, como si estuviera anunciando un gran sacrificio—: «Debo cambiar la soledad silenciosa y fértil del cuarto de estudio por las posibilidades arriesgadas y resonantes de la sociedad.»

Siempre hablaba como si estuviera leyéndolo todo en un libro. Aquella declaración me conmovió y me emocionó. Me pareció que Lajos abandonaba su vocación por alguna razón grandiosa, aunque poco precisa; que por algo, en beneficio de alguien —probablemente de la humanidad entera—, dejaba a un lado las armas del estudio para aventurarse en el más práctico campo de batalla de la sociedad. Tal sacrificio me inquietó, puesto que en nuestra familia era costumbre que los hijos varones terminaran sus estudios antes de atreverse a salir a enfrentarse con la dura realidad de la vida. Sin embargo, Lajos me convenció, y llegué a pensar que su camino era diferente, que sus armas eran distintas. Naturalmente, Laci lo siguió sin titubear por el camino escogido: en el tercer año de universidad, abandonaron los estudios. Yo era una muchacha todavía y Laci habría de regresar, más tarde, al «mundo del espíritu». Con el último crédito concedido a nuestra familia abrió una librería en la ciudad y, después de un período lleno de grandilocuentes proyectos, se dedicó a vivir modestamente y a vender libros de texto y artículos de papelería. Lajos lo reprendió seriamente por el paso que había dado. Más tarde, cuando la política ocupó sus pensamientos, no se dejó ver más entre nosotros.

Nunca llegué a conocer con exactitud los ideales políticos de Lajos. Tibor, a quien yo interrogaba en muchas ocasiones sobre tal asunto, se encogía de hombros y decía que Lajos no tenía ninguna convicción política, que era simplemente un impostor y que buscaba siempre la aventura allí donde los demás se repartían el poder. Esa acusación pudo haber sido cierta, pero tampoco lo era del todo. Yo intuía que Lajos estaba dispuesto a algunos sacrificios por la humanidad, o por la idea de humanidad —las ideas siempre le gustaron más que la realidad, probablemente porque las ideas son menos peligrosas y es más fácil llegar a un acuerdo con ellas—, y que al buscar la aventura en la política, estaba dispuesto a arriesgar su pellejo, no tanto por el botín, sino más bien por la propia seducción de la tarea: para sentir y sufrir su *pathos* hasta las últimas consecuencias.

Para mí, Lajos era una persona que comenzaba todo con una mentira y que luego, en medio de sus mentiras, se extasiaba, lloraba y seguía mintiendo con lágrimas en los ojos; hasta que, finalmente, para gran sorpresa de todos, acababa diciendo la verdad, con la misma fluidez con la que había mentido antes... Esa capacidad suya no le impidió, por cierto, presentarse, durante décadas, como adalid de distintos partidos extremistas de tendencias totalmente opuestas; pero al final lo echaron de todos. Laci, por suerte, no lo siguió en sus andanzas. Él permaneció en el «mundo del espíritu», en el ambiente un tanto húmedo y maloliente de los artículos de papelería y de los libros de texto amarillentos y de segunda mano. Lajos se perdió entre aquellos peligros que nadie supo llamar por su nombre, y nosotros lo vimos a lo lejos, como si estuviera en medio de una tormenta pródiga en rayos y truenos, al alcance de la ira divina.

Cuando tras la muerte de Vilma ocurrió la separación entre nosotros dos, Lajos no volvió a aparecer más en nuestro círculo familiar. Fue entonces cuando yo regresé a casa, a mi humilde casa, a mi último refugio. No me esperaban más que una cama y un poco de pan para llevarme a la boca. Sin embargo, quien se cobija de una tormenta es feliz, porque tiene un techo encima.

7

El techo estaba, por lo menos al principio, bastante destartalado. Cuando mi padre murió, Tibor y Endre, amigos de la familia, examinaron detenidamente el testamento. Endre, al ser notario, estaba obligado a hacerlo también por su profesión. Nuestra situación económica parecía, a primera vista, desesperanzadora. Lo poco que quedaba —tras las últimas desgracias, la administración negligente y malhumorada de mi padre, la enfermedad de mi madre, la boda y la muerte de Vilma, la inversión en el negocio de Laci— se esfumaba entre las manos de Lajos. Cuando ya no le fue posible conseguir dinero contante y sonante, se llevó las antigüedades que teníamos, como «recuerdo», según decía: las coleccionaba con la curiosidad y la pasión típicas de un niño. Yo lo defendía, a veces, delante de Endre y de Tibor. «Está jugando —decía cuando ellos lo acusaban—. Hay algo infantil en su carácter. Le gusta jugar.» Sin embargo, Endre se enfadaba en tales ocasiones. «Los niños juegan con barquitos y con canicas de colores —decía él—. Pero Lajos es un niño perpetuo a quien le gusta jugar con letras de cambio.» Sin decírmelo con total claridad, me dejaba entender que las letras de Lajos no le parecían juguetes completamente inocentes, ni completamente inocuos. El hecho es que, después de la muerte de mi padre, fueron apareciendo cada vez más a menudo letras que supuestamente había firmado para Lajos: yo nunca dudé de la autenticidad de las firmas. Pero eso llegó a carecer de importancia, como también todo lo demás, en medio de aquel cataclismo generalizado.

Cuando me di cuenta de que no tenía a nadie en el mundo —que sólo tenía a Nunu, con quien vivía en una extraña simbiosis, como el muérdago en los árboles, sin que ninguna de las dos supiera quién era el árbol y quién el muérdago—, Endre y Tibor intentaron salvar algo para mí en medio de aquel cataclismo. Fue entonces cuando Tibor se quiso casar conmigo. Yo intenté encontrar algún pretexto, lo rechacé; pero no pude confesarle la verdadera razón de mi negativa. No pude decirle que en secreto todavía esperaba a Lajos, alguna noticia de él, algún mensaje, quizá algún milagro. Todo parecía milagroso alrededor de Lajos, y a mí no me parecía descabellada la idea de que un día se presentara, con la teatralidad propia de un actor o de un cantante de ópera, disfrazado de Lohengrin, cantando un aria solemne. Después de nuestra separación había desaparecido también de manera milagrosa, como si se hubiese esfumado en la niebla. No volví a saber nada de él durante años.

No quedó nada más que la casa y el jardín, aunque la casa estaba gravada todavía con una pequeña parte de la hipoteca. Antes, yo siempre había creído ser una persona resistente, dura y práctica; pero, cuando me quedé sola, me vi obligada a darme cuenta de que había vivido en las nubes —en unas nubes peligrosamente cargadas de electricidad—, y que no sabía casi nada exacto o fiable acerca de la realidad. Nunu opinó que con la casa y el jardín bastaba para nosotras dos. Todavía no entiendo cómo nos pudo bastar. Es verdad que el jardín era grande y estaba lleno de árboles frutales: Nunu había desterrado casi por completo las flores románticas, los caminos serpenteantes cubiertos de arcilla rojiza, las fuentes y las piedras llenas de musgo, propias de un cuento de hadas, y había aprovechado cada palmo de tierra, con una aplicación tan ingeniosa como la que caracteriza a la gente que vive en los lugares áridos del sur, donde cada metro cuadrado de tierra se aprecia y se rodea de piedras, para protegerla contra los vientos y contra la incursión de los extraños. Aquel jardín era todo lo que nos quedaba. Endre y Tibor nos aconsejaron, durante un tiempo, que alquilásemos algunas habitaciones de la casa y que cocináramos para nuestros inquilinos. El proyecto no se llevó a cabo, principalmente por la oposición de Nunu. Ella no explicaba sus razones en contra, no argumentaba, pero con sus palabras y con su silencio daba a entender que no admitiría a extraños en la casa. Nunu siempre arregló las cosas de otra manera, resolviéndolas de otra forma, y no como los demás esperaban que lo hiciese. Según la tradición, dos mujeres solitarias e inútiles pueden convertirse en modistas, en cocineras o dedicarse a hacer punto; pero Nunu no pensaba en esas cosas. Tardó, incluso, en aceptar que yo diera clases de piano para los hijos de algunas familias conocidas.

Sin embargo, de alguna manera sobrevivimos... Ahora ya sé que nos mantenía la casa, el jardín, en fin, lo que quedaba de mi pobre padre imprudente. Sólo nos quedaba eso, sólo teníamos eso. La casa nos ofrecía un techo; los muebles antiguos, aunque mermados, nos ofrecían un hogar. El jardín nos sustentaba con sus alimentos, nos proporcionaba todo lo que necesitan dos náufragos. El jardín creció a nuestro alrededor, puesto que le entregábamos todo, nuestro trabajo y nuestras esperanzas, y a veces parecía una verdadera hacienda, donde poder vivir despreocupadas hasta el fin de nuestros días.

Un día, Nunu decidió plantar almendros en la parte trasera, en un trozo de tierra arenosa de casi una hectárea, y los almendros cubrieron nuestras vidas y nos dieron sus frutos como unas manos ocultas que arrojasen el maná celestial a los hambrientos. Los almendros nos daban sus frutos año tras año, y Nunu vendía las almendras en secreto, con un aire festivo. Con ese dinero vivíamos y, a veces, hasta pagábamos alguna deuda, o le dábamos algo a Laci. Yo tardé en entenderlo, pero Nunu no me quiso dar explicaciones: callaba y sonreía. En ocasiones, me detenía entre los almendros y los miraba con una supersticiosa sensación de maravilla. Era como si se hubiese producido un milagro, en medio de esa tierra arenosa, en nuestras vidas. ¡Alguien cuidaba de nosotras! Ésa era mi impresión.

Plantar almendros había sido idea de mi padre, pero estaba demasiado cansado para realizarla. Diez años antes, él le había dicho a Nunu que la parte trasera arenosa del jardín era apropiada para plantar almendros. A mi padre no le importaban las posibilidades que la vida pudiera ofrecer. A los ojos de los desconocidos él sólo se había ocupado de dilapidar nuestra humilde fortuna. Sin embargo, después de su muerte tuvimos que admitir que, a su manera silenciosa y resentida, había arreglado todo lo relativo a la herencia; la casa, en realidad, la había cargado de hipotecas mi madre, accediendo a una petición de Lajos. Mi padre nos conservó el jardín, y siempre se opuso a abandonar la casa. Cuando nos quedamos solas, Nunu y yo, no tuvimos que hacer otra cosa sino acomodarnos en el jardín que mi padre había construido. Arreglamos la casa gracias a Endre, que nos consiguió un préstamo en condiciones muy favorables. Todo ocurrió sin que nosotras tuviéramos que hacer planes previos al respecto, de una manera espontánea y natural.

Un día nos dimos cuenta de que teníamos un techo encima de la cabeza, de que yo incluso podía comprar alguna tela para hacerme un vestido, de que Laci se las arreglaba para pedirme libros prestados para leer; y así, poco a poco, desapareció la soledad en la que nos habíamos refugiado después del cataclismo, como los animales heridos se refugian en su madriguera. Incluso teníamos amigos, y los domingos por la noche la casa se llenaba de invitados. Los demás nos asignaban, a Nunu y a mí, un lugar en el mundo, nos adjudicaban un rincón tranquilo donde podíamos vivir nuestras vidas sin que nadie nos molestara. Nada era tan desesperanzador ni tan insoportable en mi vida como lo había imaginado. Nuestras vidas volvieron a tener sentido: teníamos amigos, sí; hasta teníamos enemigos, como la madre de Tibor o la esposa de Endre, quienes —debido a sus celos injustificados y ridículos— temían que ellos estuvieran en peligro en nuestra casa.

En ocasiones, la vida en la casa y en el jardín parecía una vida auténtica y verdadera, una vida que tuviera sus metas, sus tareas, su estructura y su contenido. Sin embargo, no tenía ningún sentido, y yo sabía que podría vivir así durante varias décadas, pero tampoco me hubiera importado en absoluto que me dijeran que tendría que morirme pronto. Era una vida sin complicaciones y sin peligros. Lajos siempre había sido un fanático de Nietzsche y abogaba por vivir una vida peligrosa. Sin embargo, temía los peligros: se metía en las aventuras, tanto en las políticas como en las sentimentales, de una manera aparentemente fogosa, pero armado hasta los dientes de mentiras previamente inventadas, asegurándose en secreto en todos los terrenos, llenándose los bolsillos con documentos escandalosos sobre sus enemigos. En cuanto a mi vida, ha estado llena de peligros, por lo menos mientras estuve cerca de Lajos. Después de que él desapareciera, me di cuenta de que no quedaba nada en su lugar: tuve que admitir que ese peligro había sido el único y verdadero sentido de mi vida.

8

Entré en la casa, coloqué las dalias en los jarrones y me senté en el porche, junto con mis invitados. Laci solía venir cada domingo por la mañana para desayunar. Le poníamos la mesa en el porche o, si el tiempo no lo permitía, en la antigua habitación de los niños que usábamos como salita de estar. Le servíamos el desayuno con las tazas antiguas y con los cubiertos de plata ingleses, con la nata en la jarrita de plata que, cincuenta y dos años atrás, un pariente generoso y de poco gusto le había regalado en su bautizo. La jarrita tenía grabado el nombre de mi hermano con letras de redondilla.

Allí estaban, en el porche: Tibor fumaba un puro y contemplaba el jardín, confuso; Laci devoraba la comida, como cuando era un adolescente. No dejaba pasar ningún domingo sin venir a desayunar, como si necesitara revivir cada semana los recuerdos de su infancia.

—También ha enviado una carta a Endre —dijo Laci, con la boca llena.

—¿Y qué le dice? —pregunté, sorprendida.

—Le dice que esté aquí hoy, que no se le ocurra irse fuera. Que lo va a necesitar.

—¿Necesitarlo? ¿A Endre? —dije entre risas.

—¿A que es verdad, Tibor? —preguntó Laci, que siempre necesitaba testigos de fiar. Ya no confiaba ni en sus propias palabras.

—Sí, es verdad —respondió Tibor, malhumorado.

—Quizá venga con alguna intención concreta. Quizá... —añadió, y su rostro se volvió alegre, como si hubiese encontrado por fin la única respuesta digna y honrada posible a esa pregunta— quizá quiera saldar sus deudas.

Nos quedamos reflexionando. Yo quería creer en Lajos, y cuando Tibor expuso su opinión, pensé que eso sería posible. De repente, me embargó un sentimiento de alegría desbordada y de fe incondicional. ¡Claro, regresa después de veinte años! Regresa aquí, donde —¿para qué serviría esconder los hechos?— nos debe a todos algo: nos debe dinero, promesas, juramentos. Regresa aquí, donde cada encuentro suyo estará lleno de dolores, de molestias y de tensiones; pero regresa para enfrentarse a su pasado, para cumplir con todas sus palabras dadas. ¿Qué fuerza, qué esperanza me motivaban en ese instante? El hecho es que ya no temía el encuentro. Una persona no regresa, después de décadas, al escenario de sus fracasos. «¡Le ha costado años y años prepararse para este viaje! —pensé con compasión—. Le ha costado prepararse, y quién sabe cuántos caminos pedregosos y cuántos laberintos complicados ha tenido que recorrer hasta tomar su decisión.» De repente, me había despertado. Esa esperanza descabellada que rechazaba cualquier indicio de duda dictada por la razón, esa luz, parecida a la del sol cuando sale por el Levante, que precedía para mí la llegada de Lajos, disipó todas mis dudas. Lajos regresa, junto con los niños. Ya está en camino, ya viene. Y nosotros que lo conocemos, que conocemos sus puntos débiles, debemos prepararnos para el momento grandioso de las cuentas, para el momento en el que Lajos va a devolver a todos lo que nos debe: sus juramentos y sus letras.

Nunu, que había aparecido en la puerta sin hacer ningún ruido y que escuchaba nuestra conversación con las manos juntas por debajo del delantal, nos comunicó en voz baja:

—Endre mandó decir que llegaría pronto. Lajos lo ha convocado como notario.

Esa información aumentó mis esperanzas. ¡Lajos necesitaba un notario! Conversamos de una manera confusa. Laci expuso, con amplios gestos y la voz agitada, que en la ciudad ya se conocía la noticia de la llegada de Lajos. Por la noche, en la cafetería, se le había acercado un sastre para hablarle de unas cuentas que Lajos había dejado sin pagar. Uno de los concejales del ayuntamiento había mencionado unos bancos de hormigón que hacía quince años le había propuesto Lajos, cobrando el adelanto, sin que dichos bancos llegaran después. Todas esas noticias ya no herían mis sentimientos. El pasado de Lajos estaba lleno de promesas incumplidas y de acciones inconclusas, y yo las veía como si se tratasen de las fechorías típicas de un adolescente. «Hemos pasado unos períodos difíciles en nuestras vidas; pero Lajos ha cumplido los cincuenta y ya no juega con sus palabras, viene a dar la cara por su pasado, ya está en camino hacia aquí.» Me levanté para ponerme un vestido digno de una ocasión tan festiva. Laci también estaba soñando:

—Siempre pedía algo. ¿Te acuerdas, Tibor, de cuando lo viste por última vez? ¿Te acuerdas de que después de una larga discusión, cuando tú le dijiste que opinabas que no tenía carácter, cuando le enumeraste todos sus pecados, todos los que había cometido contra nuestra familia y contra sus amigos, y lo llamaste «miserable ruina humana», él se puso a llorar, y se despidió de todos nosotros con un abrazo, y a continuación te pidió dinero? Cien o doscientas coronas. ¿Te acuerdas?...

—No me acuerdo —respondió Tibor, molesto y avergonzado.

—¡Claro que te acuerdas! —le espetó Laci, gritando—. Como no le quisiste dar el dinero, se fue corriendo, totalmente conmocionado, como si se dirigiera hacia una muerte segura. Estábamos aquí mismo, en este jardín, pero teníamos diez años menos, y también hablábamos de Lajos. Él regresó desde la puerta y, con voz tranquila y sosegada, te pidió un billete de veinte, «algo de cambio», dijo, porque no tenía ni el dinero suficiente para comprarse el billete del tren. Se lo diste. ¡No he conocido nunca a nadie parecido! —dijo Laci, entusiasmado, y siguió desayunando.

—Se lo di, claro que se lo di —respondió Tibor, avergonzado—. ¿Por qué no? Nunca me he negado a dar dinero a quien me lo pida, puesto que siempre lo he tenido. A Lajos, según creo, no era eso lo que le importaba —opinó después de una breve reflexión, mirando el techo con sus ojos, miopes.

—¿Que el dinero no le importaba a Lajos? —objetó Laci, con un tono de sincera sorpresa—. Es como si dijeras que la sangre no le importa al lobo.

—No me entiendes —le respondió Tibor, poniéndose colorado. Siempre se ponía colorado cuando luchaba contra su papel de juez, contra su papel de persona condenada a juzgar: siempre tenía que ser sincero, aun sabiendo que la verdad no concordara con las verdades de los demás, puesto que había jurado decir siempre la verdad—. Tú no me entiendes —repitió, obstinado—. He estado pensando mucho sobre Lajos y todo se resume en la intención. Sin embargo, sus intenciones nunca han sido infames. Yo sé de un caso... Sé que una vez, durante una juerga, pidió a alguien una cantidad considerable de dinero prestado... Y, por casualidad, me enteré de que a la mañana siguiente entregó aquella cantidad de dinero, intacta, a uno de mis empleados que estaba en apuros. Espera, no he terminado. Naturalmente, no es un acto heroico el que alguien se comporte con generosidad utilizando el dinero de otro. Sin embargo, en aquel momento Lajos tenía una necesidad imperiosa de dinero, tenía varias letras que pagar, cómo decirte..., letras apremiantes. Aquella cantidad que había pedido, bastante borracho, y que al día siguiente, ya cuerdo, entregó a una persona desconocida, la hubiera podido emplear en pagar sus propias letras. ¿Entiendes lo que quiero decir?

—No —respondió Laci con sinceridad.

—Yo, sin embargo, creo que lo entiendo —concluyó Tibor, y se calló, obstinado, como siempre, como si se hubiese arrepentido de lo que acababa de contar.

Nunu opinó:

—Tened cuidado, porque viene por dinero. Sin embargo, conseguirá lo que quiere, por mucho cuidado que tengáis. Tibor le volverá a dar dinero.

—¡Qué va! ¡No le volveré a dar ni un céntimo! —declaró Tibor, riéndose, moviendo la cabeza para negar.

Nunu se encogió de hombros.

—Claro que sí. Como la última vez. Algo. Un billete de veinte, por lo menos. Algo hay que darle.

—Dime, Nunu, ¿por qué? —preguntó Laci, con una profunda admiración y con envidia.

—Porque él es el más fuerte —respondió Nunu con indiferencia. Y regresó a la cocina.

58

Mientras me vestía, delante del espejo, me vi obligada a apoyarme en algo, porque tuve una visión. Vi el pasado, con la misma claridad con la que se ve el presente. Vi el jardín, el mismo jardín donde en ese momento estábamos esperando a Lajos: un jardín donde nos encontrábamos de pie, debajo del altísimo fresno, veinte años más jóvenes, cuando nuestros corazones estaban llenos de desolación y de ira. Unas palabras contundentes, llenas de emoción, volaban por los aires, como los abejorros del otoño. Era otoño, estábamos a finales de septiembre. Se respiraba un aire perfumado de embriagadores vapores. Nosotros teníamos veinte años menos, estábamos reunidos, parientes, amigos y medio desconocidos, y entre nosotros se encontraba Lajos, con la expresión del ladrón cogido *in fraganti*. Estaba tranquilo, parpadeaba, se quitaba las gafas repetidas veces, para limpiarlas cuidadosamente. Se encontraba solo, en el centro de un círculo de personas inquietas, con la tranquilidad de alguien que sabe que ha perdido la jugada, que todo se ha desvelado, que ya no puede hacer otra cosa sino estar allí y esperar con paciencia, esperar a que le lean el veredicto. De repente, Lajos desapareció de aquel círculo. Y nosotros seguimos viviendo, de una manera mecánica, viviendo nuestras vidas de figuras de cera. Desde entonces, sólo vivimos de una manera figurada: como si nuestra verdadera vida hubiese sido la lucha y la emoción que Lajos nos provocaba.

En mi visión lo volví a ver, en medio de aquel círculo, en el jardín de antaño, y todos revivimos, colmados con la misma emoción de antes. Me puse mi vestido color violeta. Fue como si me pusiera uno de mis antiguos disfraces, mi disfraz para la vida. Sentí que todo lo que caracteriza a un ser humano —su fuerza, su manera de comportarse— hace revivir en sus adversarios unos determinados momentos de sus vidas pasadas. Todos nosotros pertenecemos a Lajos, vivimos en alianza contra él, y ahora que se aproxima, vivimos otra vez de una manera más agitada, más peligrosa. Ésos eran mis pensamientos allí, en mi habitación, delante del espejo, al ponerme mi disfraz de antaño. Lajos nos devolvía el tiempo pasado, la experiencia intemporal de la vida vivida. Sabía que él no había cambiado en nada. Sabía que Nunu tenía razón. Sabía que, en efecto, no podíamos hacer nada contra él. Y también sabía que yo aún no tenía idea de cómo era la vida de verdad, de cómo era mi vida o la de los demás, y que sólo a través de Lajos podría aprender la verdad, sí, a través del mentiroso de Lajos.

El jardín se estaba llenando de gente. Sonó la bocina de un automóvil. De repente me tranquilicé de una manera maravillosa: sabía que había llegado Lajos, porque no podía hacer otra cosa, y que nosotros lo íbamos a recibir, porque no podíamos hacer otra cosa, y que todo eso era temible, molesto e inminente, tanto para él como para nosotros.

9

Sin embargo, la realidad, como una extraña ducha fría, me despertó de mis visiones. Lajos había llegado. Empezaba el día, el día de la visita de Lajos, que Tibor, Laci y Endre recordarían hasta la hora de su muerte, hablando de él, transformando una y otra vez sus palabras, buscando los recuerdos, evocando y negando las imágenes de la realidad. Quisiera relatar los acontecimientos de aquel día de una manera fiel. Tardé en comprender el verdadero significado de la visita. Empezó como empieza la función de un circo ambulante. Y terminó... no, el final y la partida no los puedo comparar con nada. Todo terminó de una manera sencilla. Lajos se fue, el día terminó, acabó una parte de nuestras vidas y... seguimos viviendo.

Lajos llegó con un verdadero séquito. El automóvil que se detuvo delante de la casa llamó la atención de los vecinos. Era un coche rojo, grandísimo. El primero en bajar de él, según me enteré después —puesto que me perdí el momento de la llegada, el momento tan esperado, y solamente pude reconstruirlo a través de las palabras confusas de Laci y de las observaciones con las que Tibor las corregía—, había sido un joven desconocido, vestido de manera extravagante, que llevaba un caniche de pelo amarillo y con hocico de león. El caniche, de una raza especialmente valiosa, originaria del Tibet, estaba furioso y tenía intenciones de morder al primero que se le acercara. A continuación, bajó una señora bastante mayor, pero vestida de forma juvenil y con la cara pintada, que llevaba un abrigo de cuero. Luego, Eva y Gabor, y, al final, del asiento de al lado del conductor, también bajó Lajos. Su llegada confundió a quienes los esperaban. Nadie salió a su encuentro, todos se quedaron parados, en el jardín, inmóviles, mirando el automóvil rojo. Lajos se entretuvo hablando con el conductor; después, entró en el jardín, miró a su alrededor, reconoció a Tibor y, sin saludarlo, le pidió:

—Tibor, préstame un billete de veinte por un instante. El chófer quiere comprar aceite, y yo no tengo cambio.

Como dijo exactamente lo que los demás esperaban de él, nadie protestó, nadie se escandalizó; siguieron allí, parados en el jardín, hechizados; allí, donde lo habían visto por última vez, veinte años antes, debajo del mismo árbol, bajo la misma luz; y como los había saludado con las mismas palabras con las que se había despedido de ellos, comprendieron que todo respondía a ciertas leyes, y se mantuvieron en silencio. Tibor le entregó el billete sin musitar palabra. Se mantuvieron otro rato callados, como los actores de una película muda. Luego, Lajos le entregó el dinero al conductor, regresó al jardín y presentó a los desconocidos. Así empezó todo.

Más tarde, me he preguntado a menudo si todo aquello había sido previsto tal cual ocurrió y si por eso había tenido un aire teatral. Creo que sí; pero aquel aire teatral no había sido intencionado. Sólo así pudo conseguir sus efectos. Lajos nunca pretendía ser teatral: de lo contrario, lo habrían rechazado antes o después, tachándolo de prestidigitador, de comediante inmoral de feria, de alguien que sólo entretiene a su público durante un rato, escandalizándolo; pero que termina cansando y hace que la gente le dé la espalda, puesto que todas sus intenciones y todos sus trucos acaban aburriendo. Pero la gente no le daba la espalda a Lajos, porque sus puestas en escena estaban llenas de sorpresas imprevistas que lo divertían a él también; estaban llenas de improvisaciones que él mismo habría aplaudido y que a él mismo le hubiesen provocado la risa en el momento de la gracia del chiste. Lajos se complacía en citar un verso de Shakespeare que dice que el mundo entero es un teatro. Él actuaba en el teatro de la vida, y en las escenas importantes siempre desempeñaba el papel principal, sin habérselo aprendido de memoria.

En el momento de la llegada a casa, hizo su puesta en escena, actuó y recitó su papel con evidente placer: habló de los dos niños con un tono difícilmente calificable, acompañando sus palabras con gestos dramáticos y falsos, como si se tratase de unos huérfanos. Ya sus primeras palabras parecieron una acusación, una acusación y una exigencia. «Los huérfanos», así calificó a sus hijos ante Tibor y Laci, a unos niños que se habían hecho ya adultos: Gabor había obtenido su diploma de ingeniero, había engordado y se había transformado en un joven lento y taciturno que no dejaba de parpadear; Eva era ya una joven dama, iba vestida según la última moda de la capital, con un vestido deportivo y una bufanda hecha con un par de pieles de zorro, y mostraba una sonrisa un tanto irónica, resentida, en actitud de espera. «Los huérfanos», dijo Lajos, acompañando sus palabras con una mirada llena de compasión, al mostrar a los hijos de Vilma, quienes de hecho eran huérfanos, huérfanos de madre, pero que eran más fuertes que su propio destino: habían crecido y regresaban con nosotros haciendo gala de un aspecto tranquilizador.

Me resulta difícil explicar todo aquello. Estábamos de pie, confundidos, delante de los huérfanos, con la mirada baja. Lajos los mostraba de todos los lados, desde todos los ángulos, de frente y de costado, haciéndolos girar, como si se los hubiese encontrado en la calle, como si se hubiese encontrado a unos niños mugrientos y mal vestidos, abandonados de la mano de Dios, y como si alguno de los presentes —Tibor, Nunu o yo— fuéramos los responsables de su destino. No dijo nada al respecto, pero nos estuvo mostrando a Eva y a Gabor así desde el primer instante. Y lo más extraño es que nosotros —viendo a aquellos dos jóvenes bien cuidados, visiblemente bien vestidos, sospechosamente maduros y demasiado bien enterados de todo, que acababan de caernos desde la luna— sentíamos que hasta cierto punto éramos responsables de ellos, responsables, en el sentido práctico de la palabra; como si nos hubiésemos negado a compartir nuestro pan o nuestro afecto con ellos, aunque tuvieran el derecho y la necesidad de ello.

Ambos huérfanos se mantuvieron a la espera de los acontecimientos, tranquilos, seguramente acostumbrados ya a las puestas en escena de Lajos, conscientes de que no podían evitarlas, de que tenían que esperar que todo transcurriera como él dispusiera, para poder recibir al final los aplausos. Lajos, después de una corta pausa artificial, cuando nosotros ya estábamos llenos de remordimientos por los dos «huérfanos», tosió dos veces, fiel a su antigua costumbre, y prosiguió con sus números de prestidigitación. Todas aquellas demostraciones le ocuparon la mañana entera. Se aplicó con fervor y vimos que ejecutaba sus números de la mejor manera que podía: puso en escena verdaderas lágrimas, besos llenos de fervor; repitió sus números de antaño de una manera puntual. Sus habilidades nos hechizaron a todos. A Nunu también.

Durante la primera hora, nadie más pudo decir ni una palabra y admiramos su interpretación con el aliento contenido. Le dio un beso a Nunu, la volvió a besar en ambas mejillas y, a continuación, sacó de su cartera una carta, la carta de un secretario de Estado: el alto funcionario anunciaba a Lajos que había recibido su petición, en la que solicitaba un puesto de jefa de oficina de correos para Nunu, y que trataría de satisfacer su deseo. Tuve la carta entre las manos: estaba escrita en papel oficial, llevaba un sello y una marca de agua, y en la cabecera se leían, escritas en letras de imprenta, las palabras «Secretario de Estado». La carta era auténtica, sin ninguna duda: Lajos había hecho, efectivamente, algo por Nunu. Lo que nadie mencionó es que él se lo había prometido a Nunu quince años antes, lo que nadie recordó es que Nunu tenía ya casi setenta años, y había olvidado por completo sus sueños de convertirse en jefa de oficina de correos, que ya no estaba capacitada para ello, que a su edad nadie la emplearía para un puesto de tanta responsabilidad, y que Lajos llegaba tarde con su acto bondadoso, que llegaba con quince años de retraso. Nadie pensó en eso.

Los rodeamos, a Lajos y a Nunu, y nuestros ojos brillaron con alivio y con una sensación de haber triunfado. Tibor miraba a su alrededor con orgullo, y hasta sus gafas brillaban con tanta alegría: «¡Se ve que nos hemos equivocado. Lajos ha mantenido su palabra!», se leía en su mirada. Laci sonreía confuso, pero él también se mostraba orgulloso de Lajos. Nunu lloraba: había trabajado como empleada auxiliar de correos durante treinta años en su ciudad natal, en el norte del país, esperando en vano que la hiciesen fija y, cuando comprendió que sus sueños no se cumplirían nunca, vino a vernos, se quedó aquí y dio sus esperanzas por zanjadas. Allí, en el jardín, leía la carta de Lajos entre lágrimas, deteniéndose durante un rato en la frase que citaba su nombre: el secretario de Estado no podía asegurar nada definitivo, pero prometía ocuparse del asunto de Nunu con dedicación y empeño, «examinando todas las posibilidades». Todo eso no tenía ya ningún valor práctico. Sin embargo, Nunu lloraba y decía en voz baja:

—Gracias, mi querido Lajos. Quizá ya sea tarde. Pero estoy muy feliz.

—No es tarde —insistía Lajos—. Ya verás como no.

Lo decía con tanta seguridad... Como si no sólo tratara de tú a tú al secretario de Estado, sino al mismísimo Señor, alguien que obviamente sería capaz de arreglarlo todo, incluidas las cuestiones relativas a la vejez y a la muerte. Y nosotros lo escuchábamos, conmovidos.

Luego, mientras todos hablábamos a la vez, llegó el tío Endre y estuvo largo rato de pie, al lado del banco de piedra, tímido y confuso, dejando entender que no había venido por su propia voluntad, sino por requerimiento de Lajos, como notario. Lajos repartió órdenes, hizo las presentaciones, formó y transformó nuestros grupos, improvisó pequeñas escenas, las escenas del reencuentro, las escenas alegres y emocionantes de la reconciliación, todo con medias palabras, escondiendo el verdadero significado y el contenido real del acontecimiento detrás del ambiente artificial, teatral y torpe de una supuesta unidad. Pero todos lo obedecimos, todos sonreímos, confundidos; hasta el tío Endre, con su cartera debajo del brazo, cuyo contenido nunca llegamos a ver, y que probablemente llevaba sólo para lucirse, para protegerse, para demostrar que por sí solo nunca hubiese venido, que solamente estaba respondiendo a sus obligaciones de notario.

Se notó que todos estábamos muy contentos de volver a ver a Lajos, muy contentos de poder estar presentes en el momento de su regreso. No me habría sorprendido si un grupo de personas se hubiese congregado al otro lado de la valla, para cantar algo. La confusión general nos embargó con tanta fuerza que se disolvieron los detalles en medio de nuestros sentimientos desbordados. Más tarde, hacia el crepúsculo, cuando nos despertamos, nos miramos con incredulidad, como si hubiésemos sido los testigos hechizados del número de un faquir hindú que hubiera arrojado una cuerda al cielo y hubiera trepado por ella hasta desaparecer de nuestra vista, entre las nubes. Nosotros mirábamos todavía hacia el cielo, cuando vimos con sorpresa que él había bajado otra vez a la tierra y que estaba inclinándose ante nosotros, pasando la gorra.

10

Nunu sirvió el almuerzo y los invitados se sentaron a la mesa en el porche, conversaron y comieron nerviosos. Todos sentían que Lajos controlaba por completo las emociones, gracias a la fuerza hechicera de sus trucos de magia. Cada palabra que pronunciaban parecía ser dictada por los papeles que él les designaba. Cada hora tenía su contenido artificial: el almuerzo fue la «primera escena», después siguió la «visita al jardín». Lajos, el director, se percataba de vez en cuando del cansancio de algunos; entonces batía las manos para dictar el ritmo. Más tarde, se quedó conmigo a solas en un rincón del jardín. Desde el porche, se oía la voz de Laci, que parecía entusiasmado y encantado. Él había sido el primero en rendirse, en olvidar sus dudas, y empezó a regocijarse, feliz y entregado a la corriente ya conocida, a los efluvios de la presencia de Lajos. La primera frase que Lajos me dirigió, sonó así:

—Ahora vamos a arreglarlo todo.

Al escuchar aquello, el corazón empezó a latirme con fuerza, y me puse muy nerviosa. No le dije nada. Estaba delante de él, debajo del árbol, al lado del banco de piedra donde me había contado tantas mentiras, y por fin tenía la ocasión de observarlo detenidamente.

Había algo triste en él. Algo del fotógrafo o del político envejecido que ya no se entera de las artimañas ni de las ideas de los nuevos tiempos y que se aferra, obstinado y resentido, a sus viejos trucos, a sus afables prácticas de prestidigitador. Había algo en él del viejo domador de fieras a quien ya no temen ni sus propias bestias. Su vestimenta era extraña y anticuada, pero al mismo tiempo parecía pretender seguir la última moda, y eso imponía una resistencia interior que le impedía ser elegante o estar al día según sus propios gustos. Su corbata era un tanto más llamativa de lo que hubiese correspondido con su traje, con su personalidad o con la época del año, y eso le confería un ligero aspecto de aventurero. Llevaba un conjunto claro, un traje amplio de esos que la moda reciente aconseja para viajar, como los que llevan los magnates del cine extranjeros que aparecen en las revistas, camino de un país a otro. Todo parecía nuevo, pero las distintas piezas de su vestuario no encajaban las unas con las otras: sus zapatos eran de un estilo, su sombrero de otro. Su aspecto reflejaba una ligera dejadez. A mí, se me oprimió el corazón. Quizá si hubiese venido con un traje usado, con un aspecto desgastado y desesperanzado, no me habría provocado ese sentimiento de compasión barata. «Ha tenido lo que se merecía», habría pensado. Pero aquella gallardía vergonzosa y desesperada me llenó de conmiseración. Lo miraba y lo que veía me daba pena.

—Siéntate, Lajos —le dije—. ¿Qué quieres de mí?

Me sentía tranquila y benévola. Ya no le tenía miedo. «Este hombre ha fracasado», pensé, y ese pensamiento no me provocó ninguna satisfacción, no me provocó nada más que compasión, una profunda y humillante compasión. Creí darme cuenta de que se estaba tiñendo el cabello, o algo parecido, y me pareció indebido: me hubiese gustado regañarlo, por su pasado, por su presente, con seriedad pero sin severidad. De repente, me sentí mayor que él, mucho más madura, como si Lajos se hubiese detenido en un punto determinado de su edad, como si hubiese envejecido manteniendo sus gallardías juveniles, que no fueron especialmente peligrosas, ni tuvieron ningún fin determinado, y eso era quizá lo más triste de todo.

Su mirada era limpia, los ojos eran grises y melancólicos, como antaño, como la última vez que lo había visto. Fumaba sus cigarrillos en una larga boquilla; las manos eran especialmente viejas, temblaban y tenían las venas hinchadas. Y él también me observaba con calma y objetividad, como si supiera que esta vez no iban a funcionar sus trucos, puesto que yo ya los conocía, conocía los secretos de su oficio, y que, dijera lo que dijese, tendría que responder, con palabras o sin ellas, que esta vez tendría que responder la verdad... Naturalmente, comenzó con una mentira.

—Quiero arreglarlo todo —repitió mecánicamente.

—¿Qué quieres arreglar?

Lo miré a los ojos y me eché a reír. «¡Todo esto no es serio!», pensé. Pasado cierto tiempo, ya no se puede arreglar nada entre dos personas. Y yo comprendí esa verdad desesperante en aquel momento, allí, en el banco de piedra donde nos encontrábamos sentados. Uno vive, construye y destruye su vida, trata de corregirla, de remediarla, poniéndole parches; y pasado un tiempo se da cuenta de que todo el conjunto, tal cual está, lleno de casualidades y de equivocaciones, ya no se puede cambiar más. A esas alturas, Lajos ya no podía hacer nada. Había reaparecido desde el pasado, anunciando con un tono sentimental que quería «arreglarlo todo», pero sus intenciones me parecieron lamentables y ridículas: el tiempo se había encargado ya de «arreglarlo todo», a su manera, de la única manera posible. Le dije:

—Déjalo ya, Lajos. Naturalmente, todos estamos contentos de verte..., de veros a ti y a los niños. No conocemos tus planes, pero nos alegramos de volver a verte. No hablemos del pasado. No le debes nada a nadie.

Al decir eso, me di cuenta de que me había arrastrado la corriente del momento, que estaba diciendo unas palabras introductorias cuyo verdadero contenido era una pura mentira. Solamente por mi exageración sentimental y por mi desosiego altisonante pude haber afirmado que el pasado no existía y que Lajos no le debía nada a nadie. Los dos sentimos la falsedad de mis palabras y bajamos la vista. Nos quedamos un rato mirando los guijarros. El tono inicial de nuestra conversación era demasiado elevado, vibraba, sonaba alto y en falsete. Me di cuenta de que me iba a enredar en una discusión, de manera no muy consecuente pero, al menos, con palabras verdaderas, con una verdadera emoción que trataba en vano de disimular.

—Probablemente no hayas venido sólo para decirme esto —dije en voz baja, porque tenía la impresión de que los otros, desde el porche, nos estaban oyendo entre sus conversaciones menos animadas que antes, y que podían escuchar mis palabras.

—No —respondió él, tosiendo—. No he venido solamente para decirte esto. Escúchame, Eszter, tenía que hablar contigo una vez más, una última vez.

—Ya no me queda nada —le dije sin querer, con valentía.

—Ya no necesito nada —me respondió, sin molestarse—. Ahora quiero brindarte algo. Ya sabes que han pasado veinte años. ¡Veinte años! Ya no nos quedan muchos veinte años más en la vida. A lo mejor ya sólo nos quedan los últimos. En veinte años todo se vuelve más claro, más transparente, más comprensible. Ya sé lo que pasó, y también sé por qué pasó.

—Todo esto es odioso —le repliqué con la voz ronca—. Odioso y ridículo. Estamos aquí, sentados en este banco, dos personas que antaño estuvieron ligadas, hablando del futuro. No, Lajos, ya no existe ningún futuro, quiero decir no para nosotros dos. Pongamos los pies en la tierra. Existe algo que tú también conoces, un orgullo humilde, el orgullo de vivir. Ya basta de humillaciones. El mero hecho de que hablemos del pasado es una humillación. ¿Qué quieres? ¿Qué estás tramando? ¿Quiénes son esas personas desconocidas? Coges, haces tu equipaje, reúnes a personas y a animales y te presentas aquí, con ostentación, con las mismas palabras de antaño, hablando como si hablara el Señor desde el cielo..., pero aquí ya se te conoce. Nosotros ya te conocemos, amigo.

Hablé con tranquilidad, con una solemnidad ridícula, y pronuncié cada palabra con mucha decisión, como si hubiese preparado mi discurso. En realidad, no había preparado nada. No creía ni por un instante que algo se pudiese arreglar, no tenía ganas de echarme al cuello de Lajos, ni tampoco quería discutir con él. ¿Qué quería? Me hubiese gustado mostrarme indiferente. «Aquí está, ha lle-

gado, eso también forma parte de los hechos extraños de la vida, quiere algo, está tramando algo; y
luego se irá, y nosotros seguiremos viviendo como
antes, como hasta ahora. ¡Ya no tiene ningún poder sobre mí!» Eso sentí, y lo miré con seguridad,
con superioridad. «Ya no tiene ningún poder sobre
mí, no en el sentido sentimental de antes.»

Pero, al mismo tiempo, me percaté de que la
excitación que me había embargado durante las
primeras frases de nuestra conversación se parecía
a todo menos a la indiferencia. Me di cuenta de
que la emoción con la que hablaba a Lajos era la
señal de que entre nosotros había una relación,
aunque no tan romántica, no tan doliente, no tan
soñadora como antes; una relación exenta de la luz
de luna que nos había iluminado anteriormente.
Hablábamos de la realidad. Como si hubiese tenido una necesidad apremiante de aferrarme a esa
realidad, después de tanta niebla y de tanta oscuridad, le dije, sin sopesar siquiera mis palabras:

—Tú no me puedes brindar nada. Te lo has
llevado todo, has arruinado todo.

Me respondió lo que yo esperaba de él:

—Es verdad.

Me miró con tranquilidad, con sus ojos grises y
limpios. Luego, miró al aire. Había pronunciado
aquellas palabras con un tono de voz infantil, casi
contento, como si le hubiesen puesto un sobresa-
liente en un examen. Me estremecí. ¡Vaya persona!
Estaba tranquilísimo: miraba a su alrededor, exa-

minaba la casa, con la objetividad de un arquitecto. Después, empezó a hablar de otra cosa.

—Tu madre murió allí arriba, en la habitación cuyas ventanas están cubiertas por la celosía, ¿verdad? —me preguntó.

—No —le respondí, sorprendida—. Mi madre murió abajo, en la habitación donde ahora se aloja Nunu.

—Qué curioso —dijo—. No me acordaba.

Tiró la colilla del cigarrillo. Se levantó, dio unos pasos para acercarse a la casa y palpó los ladrillos del muro, meneando la cabeza.

—Tiene humedades —dijo con tono de desaprobación, distraído.

—El año pasado hicimos reparaciones —le dije, sumida en el mismo estado de encantamiento inconsciente.

Regresó a mi lado, me miró profundamente a los ojos. Estuvo callado durante un largo rato. Nos mirábamos, con los ojos medio cerrados, con atención y curiosidad. Su rostro reflejaba seriedad y devoción.

—Permíteme una pregunta, Eszter —me dijo en voz baja y seria—. Una sola pregunta.

Cerré los ojos, sentía sofoco, mareo. Ese mareo duró unos instantes, e hice un gesto con la mano para protegerme. «Ahora me va a hacer una pregunta —pensé—. Dios mío, me va a hacer una pregunta. ¿Qué me va a preguntar? ¿Quizá me pregunte por qué ocurrió todo? ¿Quizá me

pregunte si fui yo la cobarde? ¡Le tengo que responder!» Suspiré y lo miré, preparada para
responder.

—Dime, Eszter —me preguntó entonces en
voz baja, con un tono de intimidad—, ¿sigue la
casa libre de hipotecas?

11

Los acontecimientos de la mañana, por lo menos todo lo que ocurrió después de la pregunta de Lajos, se conservan un tanto borrosos en mi memoria. El tío Endre llegó en el mismo momento en que Lajos me formulaba su pregunta. Lajos se sintió molesto, y empezó a decir una de sus mentiras, en voz alta, como si pretendiera esconder sus temores detrás de ese tono elevado. Habló casi a gritos, con una jovialidad artificial, con una superioridad vacía que no alteró en nada a Endre; adoptó un tono de camaradería, lo agarró por el brazo y le contó historias divertidas, comportándose como si fuera un invitado destacado, objeto de unos honores merecidos, como si estuviera en una casa donde todo y todos se situasen ligeramente por debajo de su rango.

Endre lo escuchó con tranquilidad: era la única persona en el mundo a quien Lajos tenía miedo, a quien no era capaz de hechizar. En su fuero íntimo estaba acorazado contra los efluvios y los hechizos de Lajos, contra esos efluvios que según él alcanzaban a todos y a todo, hasta a los animales y a los objetos sin vida. Endre escuchó a Lajos con atención, como alguien que conoce los trucos, como alguien que conoce los mecanismos secretos de las interpretaciones y no se sorprende si alguien saca de la chistera un pañuelo con los colores de la bandera nacional, o si hace desaparecer la fuente con frutas del centro de la mesa. Lo escuchó con atención y curiosidad, sin ninguna maldad, con visible interés. Como si le estuviera diciendo: «A ver, ¿qué más sabes hacer?» Lajos descansaba un rato entre número y número, y no dejaba de observar al tío Endre con disimulo.

En aquellos momentos creí que yo había sido la única que se había dado cuenta de su incomodidad, puesto que Tibor y Laci se sumergían en la admiración de la belleza del espectáculo; pero, más adelante, ya por la tarde, me enteré de que Eva también se había percatado de la incomodidad de Lajos. Fue como si Endre supiera algo, algún hecho sencillo y evidente con el que acorralar a Lajos en cualquier momento. Sin embargo, no se lo hacía notar, ni siquiera se mostraba poco amistoso.

—Has llegado, pues, Lajos —dijo, y se estrecharon la mano.

Eso fue todo. Lajos se rió, confuso. Quizá habría funcionado mejor si en el momento del reencuentro no hubiese tenido ningún testigo. Al fin y al cabo él mismo lo había citado, «como notario», como nos enteramos más tarde. En una carta urgente le había pedido que no se fuera de la ciudad aquel día, porque quería consultarle algo. Endre había llegado, con la invitación de Lajos en la mano, y allí estaba, en medio del jardín, gordo y tranquilo, mirándolo con una paciencia benevolente, escuchándolo sin el más mínimo aire de superioridad; pero con una seguridad absoluta, como alguien que no quiere aprovecharse de su poder, puesto que sabe que bastaría con una sola mirada suya para que Lajos se callara, que bastaría con que levantara un solo dedo de la mano para que Lajos se fuera, para que terminara definitivamente su espectáculo. Parecía que Lajos no podía evitar a ese testigo incómodo. Como si hubiera decidido por fin enfrentarse a la realidad —para Lajos, Endre había significado siempre la realidad de la vida, siempre había sido el juez ineludible, el testigo, ese elemento de resistencia incómodo y cruel que se oponía a sus embrujos— y dijera: «Acabemos de una vez.» Así miraba Lajos a Endre, que había envejecido bastante.

Sí, Endre había envejecido durante los últimos tres o cuatro años. Todo lo que era pesado y grave en su carácter y en su naturaleza —esa resistencia oculta contra el mundo que no permitía que la gente se le acercara, su actitud de sacerdote soberbio, su manía de observar a la gente sin decir palabra— y que lo caracterizaba desde joven, le impedía prácticamente el contacto con los desconocidos. No actuaba como un misántropo, pero la gente se sentía incómoda a su lado. Era como si supiera algo del mundo, algo que estuviera contra la ley, y conservara ese conocimiento para sí mismo. Hasta su bondad era pesada, tímida y torpe.

Endre miraba a Lajos como alguien que lo sabe todo, como alguien que no quiere juzgar, ni tampoco perdonar. El «pues, Lajos» con el que lo había saludado, después de veinte años, no había sido ni condescendiente ni vanidoso ni severo, pero me di cuenta de que Lajos se volvía inseguro tras aquellas palabras; que miraba a su alrededor, nervioso; que hablaba más deprisa; que se limpiaba el sudor de la frente con un pañuelo. Creo que hablaron de política o de la cosecha. Endre se encogió de hombros, como si ya hubiese visto y oído lo suficiente, se sentó en el banco de piedra y juntó las manos sobre la barriga, con un gesto característico de las personas mayores. Durante el resto del día no le dijo nada más a Lajos, hasta bien entrada la tarde, hasta el momento en que se puso a redactar el documento en el que yo autorizaba a Lajos a vender la casa.

Naturalmente, todos sabíamos que Lajos quería apropiarse de mi vida, más exactamente de la vida de Nunu y de la tranquilidad de mis últimos años. Sólo nos quedaba la casa, un poco ajada por el paso del tiempo, pero poderosa en todos los sentidos: la casa, el último objeto de valor que Lajos no había podido llevarse y que aquel día había venido a buscar. Yo había sabido, desde el mismo momento en que había recibido el telegrama, que venía por ella: esas cosas no se piensan con palabras concretas, pero se saben, aunque tratara de engañarme a mí misma hasta el último momento. Lo había sabido Endre, y Tibor también; no obstante, todos parecimos sorprendernos de la facilidad con la que nos entregamos a Lajos. Al final comprendimos que la vida no ofrece soluciones a medias: aceptamos el hecho de que algo había empezado un día, muchos años antes, y que había llegado el momento de terminar con aquello. Lajos también lo sabía. Constató que la casa tenía humedades y se puso enseguida a hablar de otra cosa, como si ya hubiese acabado con lo más importante, como si no quisiera gastar palabras en los detalles. Tibor y Laci lo escucharon con curiosidad.

Un poco más tarde, llegó el sastre, el viejo sastre de Lajos. Un tanto confuso, e inclinándose ante él, le entregó una cuenta pendiente desde hacía veinticinco años. Lajos lo abrazó y le dijo que se fuera. Los caballeros tomaron vermú, charlaron animadamente y se rieron mucho con los chistes de Lajos. Nos sentamos a la mesa, a comer, en un ambiente excelente.

12

Lo único que no acababa de entender era la presencia de la mujer desconocida. Era demasiado mayor y muy poco guapa para ser la amante de Lajos. Tardé también en entender que el joven del abrigo de cuero —el que había bajado del automóvil rojo en primer lugar, había saludado educadamente a todos pero no había dicho ni una palabra después, y se limitaba a adiestrar a su perro de hocico de león— era el hijo de la mujer.

Todo eso parecía salirse de las reglas establecidas. El joven era rubio, rubio platino, imberbe; tenía el cutis muy blanco y las pestañas tan claras que apenas se distinguían, y pestañeaba sin parar. Su cabello era rizado, así que parecía el de un negro albino. En un momento dado, se caló unas gafas oscuras y desapareció por completo detrás de ellas. Sólo por la tarde me enteré de que el joven era el novio de Eva, que la mujer era de origen noble —sembraba sus conversaciones con palabras francesas mal pronunciadas— y que era el ama de llaves de Lajos. En la confusión de las primeras horas de la visita, todos esos detalles se me habían escapado.

La mujer, a quien los niños llamaban Olga, parecía confundida y triste; no pretendió entablar conversación y, durante las horas siguientes a las presentaciones, se mantuvo alejada de nosotros, sentada en silencio al lado de la mesa. Jugaba con su parasol y miraba su plato. «Una aventurera», pensé en un primer momento. Pero más tarde me di cuenta de que era una aventurera cansada y malhumorada, como si ya no creyera del todo en las aventuras, como si prefiriese dejarlo todo para dedicarse a alguna ocupación más sosegada, a hacer ganchillo o trabajos manuales. A veces, mostraba una sonrisa amarga y enseñaba unos dientes amarillos y grandes, como si fueran los de un hombre. Cuando me tuve que enfrentar a ella, no supe qué decirle. Nos miramos, primero entre sonrisas, luego sin ellas, con una dureza y una suspicacia sin disimulos. Su cabello teñido de rubio amarillento y su vestido desprendían un perfume dulzón.

—Querida Eszter —me dijo.

Pero yo le respondí, con un elevado tono de protesta:

—Señora...

Enseguida me eché a reír. La casa, en aquella hora que precedía al almuerzo, parecía flotar, como un espejismo multicolor. Se oían las puertas que se abrían y se cerraban; Lajos había sacado una tortuga de una caja y enseñaba a los demás cómo el animal apreciaba la música: con los silbidos de Lajos, el quelonio se movía, extendía el repugnante cuello y siseaba para responder. Él presentaba aquel reptil como una curiosidad, como un accesorio para uno de sus números, como una prueba de sus incomparables dotes de domador. La tortuga cosechó muchos éxitos. Todos rodearon a Lajos para observar la demostración, incluso el serio de Endre, que tampoco pudo vencer su curiosidad.

Luego, Lajos comenzó a distribuir regalos: un reloj de pulsera para Laci; dos tomos de poesía francesa encuadernados en piel para Nunu —con una dedicatoria especialmente escrita para ella, sin tener en cuenta en absoluto que Nunu no sabía ni una palabra de francés—; puros carísimos para Tibor y Endre, y una pañoleta de seda, de color malva, para mí. La excitación se había generalizado y el ambiente hervía a nuestro alrededor. Al otro lado de la valla del jardín se había formado un grupo de curiosos, así que nos tuvimos que meter dentro de la casa. La casa se llenó con un olor a comida caliente, con el olor eterno e inolvidable de los días festivos, cargados de experiencias vitales; con el rumor de un ir y venir incesante y el golpeteo de puertas que se abrían y se volvían a cerrar; con el entrechocar de los platos; con los ruidos de disponer la mesa; con las conversaciones de los invitados y sus excitadas voces, de un tono alto y agudo. Era como si todo expresara que la vida es maravillosa y que está saturada de alegres fiestas. Mirara por donde mirase, todo parecía indicar lo mismo. La mujer desconocida se sentó en un rincón para charlar conmigo con un tono monótono.

Me contó que conocía a Lajos desde hacía ocho años, desde que había abandonado a su esposo. Su hijo era funcionario, no me explicó exactamente de qué tipo, ni me dijo dónde trabajaba. Yo nunca había conocido a nadie parecido a aquella mujer y a su hijo. Había visto personas parecidas en las revistas que traen noticias de los jóvenes modernos, de ese tipo de hombres que bailan por las noches en las salas de baile de los hoteles, ataviados con trajes de grandes hombreras; que pilotan sus propias avionetas o que corren en motocicletas hacia variados destinos, con una joven sentada detrás de ellos, cuya falda, al moverse, se desliza por encima de la rodilla. Ya sé que existen otro tipo de jóvenes, más auténticos. Los de las revistas son como unas caricaturas cuyo recuerdo yo conservo: representan, a mis ojos, una raza rara e inquietante, puesto que no los conozco en absoluto. Sólo sé que ya no tengo nada que ver con ese tipo de género humano. Sé —porque me siento confusa e ignorante en su presencia— que en el mundo vive una raza humana inabordable para mí: jóvenes que corren en sus motos y que se divierten en las salas de baile, que aparecen en las películas; en fin, jóvenes que sobrepasan las convenciones sociales que mis padres respetaban, y que yo también respeto. Había algo en el hijo de aquella mujer que era ajeno al mundo cotidiano: a mis ojos parecía el héroe de una novela, de una novela de aventuras. Hablaba poco, y cuando decía algo, miraba al techo y pronunciaba las palabras con una larga entonación, como si estuviera cantando. Él también parecía triste, como su madre. Los dos desprendían un aire de abatimiento fastidioso. Nunca había experimentado una sensación tan pronunciada de extrema e hiriente extrañeza en presencia de nadie. El joven no bebía ni fumaba, y llevaba una fina cadena de oro en la muñeca de la mano izquierda. A veces, levantaba la mano con un movimiento seco y rápido, como si fuera a abofetear a alguien, y se subía la cadena con un tic nervioso. Me enteré de que acababa de cumplir los treinta y que trabajaba como secretario en la oficina de algún partido político; cuando se quitaba las gafas oscuras y con sus acuosos ojos miraba los objetos y a las personas que se encontraban a su alrededor, parecía más viejo que Lajos.

«¡Qué te importan!», pensé. Pero los seguí observando, y me di cuenta de que el joven también observaba a los demás. No me gustaba ni su nombre: se llamaba Bela, un nombre insignificante y ordinario. Tengo una sensibilidad especial con respecto a los nombres, hay algunos que me gustan mucho y otros que no soporto. Claro que se trata de unos sentimientos primarios, injustos. Sin embargo, los sentimientos de este tipo son los que determinan nuestra relación con el mundo, nuestras simpatías y antipatías. No pude dedicar mucha atención al joven, porque su madre me entretuvo hasta la hora de la comida. Me contó toda su vida, sin que yo la animara a ello. La historia de su vida parecía una lista de agravios contra hombres y mujeres, contra sus parientes y sus amantes, contra sus hijos y sus maridos, y ella clamaba venganza, citando como testigos a los poderes terrenales y celestiales. Expuso sus acusaciones mediante frases cortas y precisas, como si estuviera recitando una lección aprendida. Todos la habían engañado, todos habían tramado algún complot contra ella y, al final, todos la habían abandonado: ésa fue la conclusión que saqué de lo que me contó. A veces me estremecía, pues tenía la sensación de estar escuchando las peroratas de una loca. En un momento dado, empezó a hablar, inesperadamente, de Lajos. Hablaba con tono confidencial, como si fuéramos cómplices. Yo no podía tolerar ese tono de voz. Me humillaba el que Lajos hubiese irrumpido en mi casa acompañado de sus cómplices, lo consideraba indignante. Me puse de pie, con la pañoleta de seda de color malva, el regalo de Lajos, en la mano.

—No nos conocemos de nada. Prefiero no hablar de esto —le dije.

—Ah —me respondió, con calma e indiferencia—, ya tendremos tiempo para hablar de todo, y también para conocernos mejor, querida Eszter.

Encendió un cigarrillo, exhaló una bocanada de humo y me miró a través de aquella nube con tanta tranquilidad como si ya lo hubiese arreglado todo; como si ya lo hubiera decidido todo; como si supiera algo que yo ignoraba; como si yo no tuviera otra opción que obedecerla.

13

Tengo que relatar tres conversaciones que mantuve aquel día. Sucedió que por la tarde vinieron a verme tres de los presentes: primero Eva, después Lajos y, por fin, Endre, «en su condición de notario». Tras el almuerzo, los invitados se dispersaron. Lajos se echó la siesta de una manera tan natural como si estuviera en su propia casa y no quisiera alterar en lo más mínimo sus arraigadas costumbres. Gabor y los desconocidos se fueron en el coche a visitar la iglesia, las ruinas de la fortaleza y los alrededores, y sólo regresaron al atardecer. Eva vino a mi habitación inmediatamente después de comer. Me acerqué con ella a la ventana, cogí su cabeza entre mis manos y examiné su rostro con detenimiento. Ella soportaba mi curiosidad con tranquilidad, mirándome con sus ojos azules.

—Tienes que ayudarme, Eszter —me dijo a continuación—. Eres la única persona que me puede ayudar.

Su voz sonaba dulce y melosa, como la voz de una niña pequeña. Ella sólo me llegaba a la altura del hombro. La abracé, y la escena me pareció demasiado sentimental, así que me alegré cuando se retiró suavemente de mis brazos. Se alejó de mí, se colocó delante de la cómoda, prendió un cigarrillo, tosió un poco y, como si se hubiese liberado de una situación no del todo sincera, se puso a examinar, un tanto confusa, los objetos y las fotografías enmarcadas que se encontraban sobre el mueble. La parte superior de aquella cómoda era para mí un lugar de culto, como el altar que montan en sus hogares los chinos para venerar entre profundas reverencias el recuerdo de sus antepasados. Desde ese lugar me miraban, puestas en fila, todas las personas amadas que habían tenido que ver conmigo y que influyeron en mi vida. Me coloqué a su lado, para fijarme en los movimientos de sus ojos.

—Aquí tienes a mi madre —observó en voz baja, con alegría—. ¡Qué guapa era! En esta foto es más joven que yo ahora.

Desde la foto, nos miraba Vilma, con sus dieciocho años recién cumplidos. Era rellenita y estaba vestida según la moda de la época: llevaba un vestido blanco, de encaje, y botas negras, altas; tenía el cabello suelto, ondulado, cubriéndole la frente, y sostenía en la mano un ramo de flores y un abanico. Se trataba de una foto de carácter solemne, sentimental y artificial. Tan sólo los ojos oscuros e interrogantes delataban algo del carácter verdadero de Vilma, rencoroso y apasionado.

—¿Te acuerdas de ella? —le pregunté, y noté que mi voz sonaba insegura.

—Sólo de una manera vaga —respondió—. Me acuerdo de una vez que entró en mi habitación y se inclinó sobre mí; desprendía un olor cálido, familiar. Ése es el único recuerdo preciso que conservo de ella. Yo tenía tres años cuando murió.

—Tres y medio —la corregí, confusa.

—Es verdad. Sin embargo, con precisión, sólo me acuerdo de ti. De cómo encontrabas constantemente algo que arreglar en mis vestidos, en mi peinado; de cómo ibas y venías por la casa, siempre tan atareada. Luego, desapareciste tú también. ¿Por qué te fuiste, Eszter?

—Cállate —le ordené—. Cállate, Eva; tú todavía no puedes entenderlo.

—¿Todavía? —repitió, y se echó a reír, con su voz melosa, alargando la risa de una manera tan artificial, casi teatral, que confería a cada palabra suya un toque de importancia y de decisión—. Sigues tratando de desempeñar el papel de la tía abnegada, ¿no es así, Eszter? —añadió con alegría, superioridad y compasión.

Me abrazó con un gesto de madurez; me cogió por los hombros y me condujo al sofá, invitándome a que me sentara. Nos miramos como dos mujeres que conocen o tratan de adivinar los secretos de la otra. De repente, me invadió un cálido sentimiento de excitación. «¡He aquí la hija de Vilma! —pensé—. ¡La hija de Vilma y de Lajos!» Me ruboricé, me embargaron los celos que resurgían desde las profundidades de mi corazón, y me asusté por su intensidad y su fuerza: la voz de los celos empezó a gritar dentro de mí, pero yo no quise acallarla. «¡Podría ser tu hija! —decía la voz—. ¡Tu hija, el sentido de tu vida! ¿Para qué ha regresado?» Bajé la cabeza y escondí el rostro entre las manos, con un gesto nervioso. El momento fue más intenso que la vergüenza que el gesto me provocó. Sabía que estaba entregando a Eva mis secretos más ocultos; que ella me miraba, observando mi lucha interior y mi vergüenza, sin ninguna compasión. La joven que hubiera podido ser mi propia hija no me absolvió, no me salvó de aquella situación embarazosa. Al cabo de un rato, que me pareció eterno, volví a oír su voz madura, extraña, segura y neutra:

—No tenías por qué haberte ido, Eszter. Claro, seguro que no te era fácil estar al lado de mi padre. Sin embargo, hubieras tenido que tener en cuenta que tú eras la única persona que lo habría podido ayudar. Y también que estábamos nosotros: Gabor y yo. A nosotros también nos abandonaste a nuestro destino. Como cuando se abandonan dos bebés delante de la puerta de una iglesia. ¿Por qué lo hiciste?

Como yo callaba, ella añadió con calma:

—Lo hiciste para vengarte. ¿Por qué me miras así? Fuiste mala y actuaste movida por la venganza.

Tú eras la única mujer que tenía poder sobre mi padre. Tú eras la única mujer a quien mi padre amaba. Sí, Eszter, eso lo sé yo también, no sólo tú y mi padre. ¿Qué pasó entre vosotros? He reflexionado mucho sobre ello. He tenido tiempo de pensar en ello durante toda una larga infancia. Mi infancia, ya lo sabes, no fue un camino de rosas. ¿Conoces los detalles? Te los puedo contar. He venido para contártelos. Y para pedirte que me ayudes. Creo que nos debes eso.

—Te ayudaré —le dije—, te ayudaré con todo lo que tengo.

Me enderecé. Lo difícil del momento ya había pasado.

—Mira, Eva —continué, ya tranquila—. Tu padre es un hombre muy atractivo, de mucho talento. Sin embargo, todo lo que estamos dilucidando ahora debe de estar borroso en su memoria. Debes saber que tu padre olvida muy pronto. No lo estoy acusando, no creas. Él no tiene la culpa. Es así, por naturaleza...

—Lo sé —me respondió—. Mi padre no se acuerda nunca de la realidad. Es un poeta.

—Tienes razón —dije aliviada—. A lo mejor es un poeta. La realidad sólo se presenta de una manera imprecisa en sus recuerdos. Por eso no hay que creer todo lo que dice: se acuerda mal de ciertas cosas.

»La época que estás evocando fue la más difícil, la más complicada, la más dolorosa, casi insoportablemente dolorosa, de mi vida. Tú hablas de venganza. ¿Qué palabra es ésa? ¿Quién te la ha enseñado? No entiendes nada de nada. Todo lo que tu padre te haya contado al respecto, es sólo una fantasía de su ofuscada imaginación. Sin embargo, yo sí que me acuerdo de la realidad. Y la realidad fue bien diferente. Y no tengo que dar cuentas a nadie.

—Pero si yo he leído sus cartas —repuso con objetividad.

Yo callé. Nos miramos.

—¿Qué cartas? —le pregunté, muy sorprendida.

—Sus cartas, Eszter —repitió, más animada—. Las cartas de mi padre, las tres cartas que te escribió en aquel entonces. Ya sabes, cuando venía a verte aquí, a esta casa, muy interesado por ti; cuando te rogaba que lo dejarais todo, que huyerais juntos porque no aguantaba más, porque no podía consigo mismo, con su carácter, con Vilma, que era más fuerte que él, y que te odiaba, Eszter... Porque mi madre te odiaba, sí... ¿Por qué? ¿Porque eras más joven que ella? ¿O porque eras más bella, más auténtica? Esta pregunta sólo la podrías responder tú misma.

—¿Qué dices, Eva? —le pregunté gritando, sacudiéndola por el brazo—. ¿De qué cartas me estás hablando? ¿Qué sueños te ofuscan?

Liberó el brazo, se acarició la frente con sus finas manos de niña, y me miró con aquellos grandes ojos suyos.

—¿Por qué me estás mintiendo? —me preguntó con dureza y frialdad.

—No he mentido ni una sola vez en mi vida —le respondí.

Se encogió de hombros.

—He leído las cartas —repitió, cruzando los brazos como un juez instructor—. Estaban allí, en el armario, donde mi madre guardaba la ropa interior, en el lugar donde tú misma las habías escondido... Ya lo sabes... en esa cajita de palo de rosa... Hace ahora tres años que las encontré.

Yo me puse pálida y sentí que la sangre bajaba de mi cabeza.

—Cuéntamelo —le pedí de inmediato—. Piensa lo que quieras, piensa que te estoy mintiendo. Pero cuéntamelo todo sobre esas cartas.

—No te entiendo —observó, con un tono entre animado y sorprendido—. Te estoy hablando de las tres cartas que mi padre te escribió cuando ya estaba comprometido con mi madre: en ellas te rogaba que lo liberaras de su cautiverio sentimental, porque tan sólo te amaba a ti. La última carta lleva la fecha del día anterior a su boda. Me he fijado bien en las fechas. En esa última carta te explica que se siente incapaz de hablarte cara a cara, que se siente débil, que le da vergüenza por mi madre. Creo que mi padre nunca ha escrito ninguna carta tan sincera. Te dice que reconoce que es un hombre herido y acabado, y que sólo confía en ti, porque sólo tú puedes devolverle la confianza en sí mismo y el equilibrio. Te pide que huyáis, sin hacer caso de nada ni de nadie, que os marchéis al extranjero; y te dice que entrega su destino a tu decisión. Es una carta desesperada, Eszter, es imposible que no te acuerdes de ella. ¿Es así o no, Eszter? Por alguna razón, tú no quieres hablar conmigo de esas cartas... Quizá te cause dolor, a causa de mi madre, o por la vergüenza que sientes ante mí. Yo lo comprendí todo al leer esas cartas, y desde entonces miro a mi padre de otra manera. Para mí, basta con que alguien haya tratado de ser bueno una sola vez en su vida, bueno y valiente. No fue por él por lo que aquello no pudo ser. ¿Por qué no le respondiste?

—¿Por qué hubiera tenido que responder? —objeté, con tono apagado y objetivo, como si reconociera mis mentiras, como si de verdad hubiese recibido esas cartas.

—¿Por qué?... ¡Dios mío! Era necesario que respondieras, aunque sólo fuera por educación. A cartas así, siempre hay que responder. Cartas así sólo se reciben una vez en la vida. Él te decía que esperaría tu respuesta hasta el amanecer. Que si no respondías, sabría que no habías tenido el valor de tomar una decisión... y entonces él tampoco tendría otra opción, sino quedarse y casarse con mi madre. Fue incapaz de hablarte de estas cosas cara a cara. Tenía miedo de que no le creyeras, porque te había mentido en muchas ocasiones. Yo no puedo saber lo que había sucedido entre vosotros dos...

102

y tampoco tengo derecho a preguntarte nada; pero el hecho es que tú no respondiste a sus cartas, y con eso todo se echó a perder. Perdóname que te lo diga, Eszter..., pero, ahora que ya todo ha terminado, tengo que insistirte en que tú también eres responsable de lo que sucedió.

—¿Cuándo escribió tu padre esas cartas?

—La semana antes de su boda.

—¿Adónde las envió?

—¿Adónde? Aquí, a esta casa, a vuestra casa. Tú vivías aquí, junto con mi madre.

—¿Encontraste las cartas guardadas en una caja de palo de rosa?

—Sí, en una caja de palo de rosa. En el armario que había sido de mi madre.

—¿Quién tenía la llave de aquel armario?

—Tú, solamente tú. Y mi padre.

¿Qué le hubiera podido responder? Le solté el brazo, me puse de pie y me situé delante de la cómoda. Cogí la fotografía de Vilma, y la estuve mirando durante un largo rato. Hacía tiempo que no contemplaba su imagen. La observé con atención, escudriñando su frente, sus ojos familiares y sin embargo terriblemente desconocidos y, de repente, lo comprendí todo.

14

Mi hermana Vilma me había odiado. Eva decía la verdad: siempre había existido entre Vilma y yo un odio ancestral, una oscura pasión indefinible cuyo contenido se perdía en la lejanía. No se podía decir con exactitud por qué nos odiábamos, puesto que yo también la aborrecía y no buscaba ninguna razón ni ningún pretexto para ello; tampoco sabía exactamente qué acciones suyas me habían molestado tanto, ni qué nos habíamos hecho o dicho para odiarnos con tanta intensidad. Ella siempre había sido la más fuerte, incluso al odiar. Si le hubiesen preguntado por qué me aborrecía de una manera que no daba cabida al perdón, seguramente habría enumerado varias razones y acusaciones, con un tono relampagueante; pero ninguna de ellas hubiera podido explicar su odio. Hacía mucho que nos habíamos olvidado de los pretextos. Sólo quedaba la pasión, un sentimiento fogoso y denso que había inundado con su fango toda nuestra relación. Cuando

Vilma murió, sólo me quedó un paisaje desolado y devastado allí donde antes habían estado mis relaciones familiares.

Acerqué su foto a mis ojos miopes y la observé con suma atención. «¡Qué fuerza tienen los muertos!», pensé, impotente. En aquel instante, Vilma estaba otra vez viva, recobraba esa nueva vida, misteriosa, que suelen adquirir los muertos para intervenir en nuestra existencia; los muertos a quienes creemos acabados, desaparecidos, enterrados bajo tierra, descompuestos. Sin embargo, un día reaparecen y actúan de nuevo. «¡Quizá este día sea el día de Vilma!», pensé. Me acordé de la tarde en que agonizaba, cuando ya sólo durante breves instantes reconocía su entorno; yo me encontraba de pie, al lado de su cama, llorando, esperando una palabra suya, deseando que me dijera una palabra de despedida, de paz, de perdón; pero al mismo tiempo yo sabía que no la perdonaba ni en el momento de su muerte, y que ella tampoco era capaz de perdonarme en su agonía. Me cubrí el rostro con las manos y lloré. Ella me dijo: «¡Te acordarás de mí!» Estaba delirando. «¡Me ha perdonado!», pensé, esperanzada. Pero, en el fondo, sentía que me estaba amenazando. Murió casi enseguida. Después del entierro, me quedé en su casa durante unos meses. No podía dejar solos a los niños, Lajos había partido al extranjero y no regresó hasta varios meses más tarde. Yo viví en soledad en aquel piso vacío, esperando algo.

106

Sin embargo, el armario de Vilma, el armario donde muchos años más tarde Eva encontraría las cartas, no lo abrí nunca. Si me hubiesen preguntado por qué, habría respondido como es debido diciendo, sin creérmelo siquiera yo, que no tenía ningún derecho a rebuscar entre los secretos de una persona muerta. En realidad, yo era una cobarde: temía el contenido de aquel armario, temía el recuerdo de Vilma. Porque, al morir ella, terminó de manera unilateral nuestro diálogo apasionado, nuestra disputa, y con eso vetó todo lo que hubiera sido un recuerdo común entre las dos, todo lo que hubiera sido una pasión común, una meta común.

Lajos se marchó después del entierro, y yo viví con los niños, en un piso donde nada era mío y donde, sin embargo, todo lo que allí había, de alguna forma, me lo habían arrebatado a mí. Los objetos habían sido confiscados por un ejecutor invisible —en aquel entonces, solamente sentíamos la presencia de un ejecutor invisible en aquel piso; los de verdad, los de carne y hueso, llegarían más tarde, a raíz de las deudas contraídas por Lajos—, y yo actuaba, llevando la casa, sin atreverme a tocar nada, sin tocar unos objetos que no eran míos, educando a los niños de una manera indecisa, como si fuera una institutriz contratada. Todo era hostil en aquella casa, todo estaba prohibido, cubierto con una capa invisible de animadversión, con esa capa que determina el contenido profundo de las relaciones de posesión en el mundo. Allí no había nada que fuera mío. Vilma se había llevado todo a la tumba, todo lo que yo hubiese querido poseer; ella lo había estropeado todo, había prohibido definitivamente todo lo que yo deseaba. Ella nos gobernaba con la tiranía y el infinito poder de los muertos. Y durante un tiempo lo soporté todo. Esperando el regreso de Lajos, esperaba algún milagro.

Él escribía pocas veces desde el extranjero: con la excepción de alguna breve carta, sólo mandaba tarjetas postales. Estaba actuando otra vez, se trataba de unos momentos grandiosos para él, de unos momentos llenos de fatalidad que él afrontaba disfrazado de nuevo, actuando con gestos grandilocuentes. El disfraz era el duelo que llevaba; los gestos grandilocuentes se resumían en el viaje que estaba realizando. Se había ido como quien no soporta el dolor, como quien huye de los recuerdos.

Creo que en realidad se divertía a lo grande en las ciudades que visitaba, que mimaba sus relaciones de negocios, que se refugiaba en el trabajo, como él mismo afirmaba; me imagino que iba a veces a los museos y a las bibliotecas, pero que frecuentaba más las cafeterías y los restaurantes, consolándose con alguna que otra relación íntima. «Lajos es una persona flexible», pensaba yo. Sin embargo, durante aquellos meses, mientras lo esperaba, comprendí que no podría vivir con él, que su ser y sus actos carecían de la argamasa que es necesaria en toda verdadera relación humana. Sus lágrimas eran lágrimas reales, pero no lo aliviaban en absoluto, no aliviaban ni sus recuerdos ni sus dolores: Lajos siempre estaba dispuesto por completo para la alegría y para la tristeza, pero en realidad nunca experimentaba ningún sentimiento. De alguna manera, todo aquello era inhumano.

Regresó al cabo de cuatro meses, pero yo no lo esperé: volví a mi casa unos días antes de su llegada, entregando el cuidado de los niños a una señora de confianza, dejándole una carta a Lajos en la que le explicaba que me negaba a mi papel de tía abnegada, que no quería saber nada de sus asuntos, que no quería volverlo a ver. No hubo ninguna respuesta a mi carta. Durante semanas y meses, incluso durante años, esperé una carta suya. Más tarde comprendí que no podía responderme: el mundo en el que habíamos vivido él y yo se había descompuesto, se había caído a pedazos. Después, ya no esperé nada.

Cuando Eva mencionó las tres cartas, desconocidas para mí, con un tono apasionado y acusador, me acordé de la cajita de palo de rosa. Había sido mía, me la había obsequiado Lajos para mi decimosexto cumpleaños, pero un día Vilma me pidió que se la regalara. Lo hice de mala gana. Entonces, todavía no conocía la verdadera naturaleza de Lajos, ni tampoco mis sentimientos hacia él. Vilma insistió tanto, que al final le regalé la cajita, de mala gana, pero sin oponer resistencia, probablemente aburrida de sus súplicas. Vilma tenía la costumbre de pedirme todas mis pertenencias: mis vestidos, mis libros, mis partituras, todo lo que ella consideraba importante o significativo a mis ojos. Así que me pidió también la cajita de palo de rosa. Al principio protesté, pero acabé cansándome y se la entregué. Tuve que hacerlo simplemente porque ella era la más fuerte de las dos. Más adelante, cuando empecé a intuir algunos detalles sobre Lajos y sobre mí, algunos aspectos de nuestra relación, le pedí con desesperación que me la devolviera; pero Vilma me mintió, diciendo que la había extraviado. Aquella cajita con incrustaciones de palo de rosa, forrada de terciopelo rojo y que desprendía un fuerte perfume embriagador, ha sido el único regalo que yo he recibido de Lajos en toda mi vida. El anillo nunca lo consideré un auténtico regalo. La cajita desapareció de mi vida. Y fue a reaparecer, al cabo de varias décadas, a través de las palabras de Eva, con un contenido muy peculiar: con las tres cartas de Lajos en las que, justo antes de su boda, me suplicaba que huyera con él, que lo salvara.

Volví a colocar la foto en su lugar.

—¿Qué queréis de mí? —exclamé, apoyándome en la cómoda.

15

—Mira, Eszter —prosiguió Eva, un tanto confusa, encendiendo otro cigarrillo—. Mi padre ya te lo aclarará. Yo creo que tiene razón. Ya te puedes imaginar que han pasado muchas cosas desde que nos abandonaste; han sucedido muchas cosas, y no siempre alegres. No me acuerdo de los primeros años. Luego, empezamos a ir al colegio y nuestra vida fue muy movida. Cambiábamos de casa cada año, cambiábamos de colegio, cambiábamos de institutriz. Las institutrices... ¡Dios mío!... Como podrás imaginar mi padre no las escogía muy bien. La mayoría se fugaba, llevándose algún objeto de valor de la casa; o bien huíamos nosotros, abandonando nuestro hogar y todos nuestros objetos de valor, cambiándonos a casas de alquiler. Hubo una época, cuando yo tenía doce años, en que vivíamos en hoteles. Era una vida muy divertida: el *maître* nos echaba una mano para vestirnos y el mozo del ascensor nos ayudaba a hacer los deberes. Mi padre se iba, pasaba fuera varios días, y a nosotros nos cuidaban y nos educaban las encargadas de las habitaciones. A veces, nos alimentábamos durante varios días sólo de gambas, otras veces no comíamos nada. A mi padre le encantan las gambas. Así nos hemos educado. Otros niños toman yogures y galletas... Sin embargo, nos divertimos muchísimo.

»Más tarde, cuando mi padre se estableció y empezó un negocio en el que yo lo ayudé desde el principio, cuando se incorporó otra vez a la vida burguesa, alquilando un piso y llevando una vida normal, nosotros empezamos a añorar el tiempo pasado en los hoteles, ya que en la vida normal también nos sentíamos como una familia nómada en medio del desierto. Ya sabes que a mi padre no le gusta la vida urbana. No protestes, yo lo conozco mejor que tú. Mi padre no tiene ningún tipo de apego a las casas, a los muebles, a los objetos... A veces creo que no le importa siquiera el tener un techo encima de la cabeza. Tiene algo de cazador o de pescador: por la mañana se sube a su caballo —siempre tuvo un automóvil, incluso en los tiempos difíciles, incluso cuando tenía que conducir él mismo— y se va en medio del desierto o del bosque que es para él la ciudad, monta guardia, olfatea, caza o pesca un billete de cien, lo trae a casa, lo asa y nos da un bocado a cada uno; y mientras no se acabe la pieza, a veces durante días o semanas enteras, no se preocupa de nada en absoluto... Esto es precisamente lo que nosotros amamos en él, y esto es lo que tú amas en él, Eszter. Mi padre sabe desprenderse de un piano o de un trabajo con la misma facilidad con la que tira un par de guantes usados: no venera los objetos, no venera ninguno, ya lo sabes. Nosotras, las mujeres, no podemos comprender esto... Yo he aprendido muchas cosas de mi padre; pero no he sido capaz de llegar a conocer su secreto más íntimo, ese desapego, esa falta de ataduras. En realidad, no tiene nada que ver con nada, sólo le importa el peligro, el peligro más extraño, la vida misma... Sólo Dios sabe cómo es eso, sólo Dios lo comprende... Mi padre necesita el peligro, la vida humana, la vida sin más concesiones, de la misma manera que se muestra incapaz de respetar las convenciones. ¿Tú no entendías esto cuando...? ¿No lo sentías? Yo, desde mi infancia, tuve la sensación de que éramos los miembros de una tribu nómada, que vivíamos en tiendas, que atravesábamos paisajes hostiles o benignos, que mi padre iba delante, con su arco y sus flechas en la mano, que estaba siempre alerta: cogía el teléfono, escuchaba, atendía señales extrañas y, de repente, se llenaba de vida, de atención y de determinación... Los elefantes bajan al río para beber, y entre los matorrales mi padre tensa el arco y prepara la flecha. ¿Te ríes de mí?

—No —le respondí con la garganta seca—. Sigue hablando. No me río de ti.

—Ya sabes cómo son los hombres —me dijo con un ligero suspiro y con aire conocedor, como para instruirme.

Me reí, pero enseguida me puse seria. Tuve que admitir que Eva, la hija de Vilma, la joven con la que yo estaba utilizando un tono propio de una mujer madura, sabía sobre los hombres cosas más sustanciosas y seguras de las que yo, que podría ser su madre, sabía. Sentí vergüenza por haberme reído de ella.

—Pues sí —prosiguió, mirándome con ingenuidad y seriedad, con sus grandes ojos azules—. Los hombres son... Bueno, hay muchos hombres como mi padre. Hombres a quienes no mantienen atados ni la familia, ni los objetos de valor, ni las propiedades. Son como los cazadores y los pescadores primitivos. Mi padre se iba a veces durante meses. Entonces nos metía en un internado; a mí con unas monjas que se esforzaban, asustadas y benevolentes, en asearme y en limpiarme, como si me hubiesen encontrado en una cuneta, como si mi cabello estuviera grasiento por la mugre de la selva, como si hubiese estado comiendo con los monos y viviendo en la copa de algún baobab. En fin, que nuestra infancia fue divertida y variopinta... Yo no me quejo. No te creas que me quejo de mi padre. Lo amaba, y quizá lo amase más todavía cuando regresaba de las aventuras de algún viaje, con un aspecto un tanto desgarrado, completamente despojado de todo, como si hubiese estado peleando contra una manada de bestias. Entonces se portaba muy bien con nosotros. Los domingos por la mañana nos llevaba a los museos; luego a la pastelería y al cine. Revisaba nuestros cuadernos del colegio, poniéndose el monóculo, nos aleccionaba con seriedad y con severidad... Y todo aquello era divertidísimo: mi padre como educador... ¡ya te puedes imaginar!

—Sí —dije yo—. Pobrecito.

Sin embargo, no sabía quién de ellos me inspiraba más lástima, si los niños o Lajos; pero Eva no me lo preguntó. Se la notaba absorta en sus recuerdos. Continuó con un tono amistoso y neutro:

—La verdad es que no vivíamos tan mal. Hasta que un día llegó esa mujer.

—¿Quién es? —le pregunté, tratando de hablar bajo, para que mi voz no me delatara.

Se encogió de hombros.

—Una fatalidad —dijo con ironía, haciendo una mueca de disgusto—. Ya sabes... La mujer que llega en el momento preciso, en el último instante...

—¿Qué instante? —pregunté con la garganta seca.

—En el instante en que mi padre empezó a envejecer. En el instante en que el cazador se da cuenta de que sus ojos ya no ven como antes y que sus manos empiezan a temblar. El día en que mi padre se asustó.

—¿De qué?

—De la vejez. De sí mismo. ¿Sabes, Eszter?, no hay nada más triste que cuando un hombre así empieza a envejecer. Entonces, cualquiera lo puede atacar.

—¿Qué fue lo que le hizo?

Hablábamos en voz baja, susurrando como dos cómplices.

—Tiene poder sobre él.

Luego añadió:

—Le debemos dinero. ¿Te han dicho que me voy a casar con él?

—¿Con su hijo?

—Sí.

—¿Lo quieres?

—No.

—Entonces, ¿por qué te casas con él?

—Es necesario salvar a mi padre.

—¿Qué sabe ella de él?

—Algo malo. Tiene unas letras firmadas en su poder.

—¿Quieres a otro hombre?

Ella calló y miró sus uñas pintadas de rosa. A continuación respondió, en voz baja, a la manera de una mujer madura e inteligente:

—Quiero a mi padre. Hay dos personas en el mundo que aman a mi padre de verdad: tú y yo. Gabor no cuenta, él es diferente.

—¿No quieres casarte con él?

—Gabor es mucho más tranquilo —dijo, para no responder a mi pregunta—. Como si se hubiese encerrado en una especie de sordera. No quiere oír nada y vive como si no viera lo que pasa a su alrededor. Así se defiende.

—¿Hay alguien a quien ames? —le pregunté directamente, acercándome a ella—. ¿A quien ames, y con quien te casarías... si las cosas se pudieran arreglar?... De algún modo... aunque difícilmente... Yo soy pobre, Eva, tienes que saberlo; Nunu, Laci y yo somos pobres... Pero quizá sepa de alguien que pueda ayudarte.

—Tú eres la que nos puedes ayudar —insistió, con una voz fría, segura y distante. Llevaba tiempo sin mirarme a los ojos. Estaba de espaldas, atisbando por la ventana, y yo no podía verle el rostro. Después del almuerzo, el cielo otoñal se había cubierto de nubes grises y densas que desfilaban por encima del jardín. La habitación estaba en penumbra. Me acerqué a la ventana y cerré uno de los batientes, como si temiera que nos pudiera escuchar alguien desde el jardín silencioso que estaba aguardando la lluvia.

—Tienes que decírmelo —insistí, mientras el corazón me latía con una fuerza inusitada desde hacía tiempo, desde la noche en que había muerto mi madre—. Si hay alguien a quien ames, si de verdad quieres huir de esta gente... tú y tu padre... Si eso se puede arreglar con dinero... entonces dímelo ahora.

—Creo, Eszter... —dijo entonces, con voz de niña pequeña, bajando la vista con pudor—, creo que con dinero, quiero decir que sólo con dinero ya no se puede arreglar nada. Tú eres la única que me puede ayudar. Pero mi padre no sabe nada del asunto... —añadió, casi asustada.

—¿De qué asunto?

—De este... que te estoy contando.

—¿Qué quieres? —le pregunté en voz alta, impaciente.

—Quiero salvar a mi padre.

—¿De ellos?

—Sí.

—¿Y salvarte tú también?

—Si es posible...

—¿No lo amas?

—No.

—¿Quieres irte?

—Sí.

—¿Adónde?

—Al extranjero. Lejos de aquí.

—¿Hay alguien esperándote?

—Sí.

—Sí —repetí la palabra, aliviada, y me senté; estaba agotada. Me puse la mano sobre el corazón. Me sentía mareada, como siempre que me veo obligada a salir de mi mundo inmaterial de espera, de contemplación y de sombras, para enfrentarme a la realidad. ¡Qué sencilla es la realidad! Eva ama a alguien, quiere irse, salir a su encuentro, vivir una vida pura y sincera. Y yo debo ayudarla. Sí, con todo lo que tengo. Le pregunté, casi con ansiedad:

—¿Qué puedo hacer, Eva?

—Ya te lo explicará mi padre —respondió con cierta renuencia, como si le costara pronunciar esas palabras—. Él tiene planes concretos... Creo que tienen planes concretos. Ya te enterarás, Eszter. Es asunto suyo y tuyo. Sin embargo, puedes hacer algo más por mí, si quieres. Hay algo en esta casa que me pertenece. Por lo menos, según lo que yo sé... Perdóname, ya ves que me he puesto colorada. Es difícil para mí hablar de esto.

—No te entiendo —le dije, y sentí que mis manos se ponían frías—. ¿A qué te refieres?

—Necesito dinero, Eszter —dijo entonces, con voz ronca y dura, como si me estuviera atacando—. Necesito dinero para irme.

—Sí, claro —observé, sin saber qué decir—. Dinero... Claro, seguramente podría conseguir algo de dinero. Y quizá Nunu también... Quizá pueda pedirle algo a Tibor. Sin embargo, Eva —agregué, como si de repente hubiera recobrado el conocimiento, desengañada e impotente—, me temo que lo que yo te pueda conseguir no sea suficiente.

—Yo no necesito tu dinero —dijo entonces con frialdad y orgullo—. Yo no necesito nada que no sea mío. Sólo quiero lo que mi madre me dejó.

De repente, me miró a los ojos, con una mirada ardiente y acusadora, y añadió:

—Mi padre me ha dicho que tú guardas mi herencia. Lo único que me queda de mi madre. Devuélveme el anillo, Eszter, devuélvemelo ahora mismo. ¿Me oyes?

—Claro, el anillo —dije.

Eva se puso tan beligerante que me eché hacia atrás. Por casualidad, me detuve justo delante de la cómoda en la que guardaba el falso anillo. Sólo hubiera tenido que extender la mano, abrir el cajón y entregar el anillo que la hija de Vilma me reclamaba con un tono tan exigente y lleno de odio. Me encontraba de pie, con los brazos cruzados, impotente pero decidida a salvaguardar a toda costa el secreto de la infamia de Lajos.

—¿Cuándo te ha hablado tu padre del anillo? —le pregunté.

—La semana pasada —me respondió, encogiéndose de hombros—. Cuando supe que íbamos a venir.

—¿También te ha mencionado el valor que tiene el anillo?

—Sí. Una vez lo hizo tasar. Hace ahora muchos años, después de la muerte de mi madre... Antes de entregártelo, hizo que lo tasaran.

—¿Y qué valor tiene? —le pregunté con tranquilidad.

—Un valor muy alto —me dijo, con una extraña ronquera en la voz—. Vale miles de coronas, quizá decenas de miles.

—Claro —le dije.

Luego sentencié, con un tono sosegado y de superioridad, sorprendente incluso para mí:

—Pues, hija mía, no vas a tener el anillo.

—¿No existe? —me preguntó, mirándome de arriba abajo. Después me preguntó, con un tono más bajo—: ¿No lo tienes o no me lo quieres dar?

—No voy a responderte a esa pregunta —dije, mirando al vacío. En ese mismo instante sentí que

Lajos entraba en la habitación, sin hacer ruido, como siempre, con sus pasos ligeros de actor, y que se hallaba cerca de nosotras.

—Déjanos solos, Eva —le oí decir—. Tengo que hablar con Eszter.

No miré para atrás. Pasó un rato hasta que Eva, lanzando una mirada oscura, interrogante, llena de suspicacia, que recordaba la mirada de Vilma, se alejó con pasos lentos. Se volvió desde el umbral, se encogió de hombros y, a continuación, aceleró sus pasos para salir de la habitación. Cerró la puerta tras de sí, sin hacer ruido, como si ya no estuviera tan segura de sí misma. Nosotros dos nos mantuvimos un rato sin movernos, sin mirarnos. Luego me di la vuelta, y —por primera vez después de veinte años— me encontré delante de Lajos, a solas con él.

16

Me miraba sonriente, con una sonrisa extrañamente humilde. Como si estuviera diciendo: «Ya ves, al fin y al cabo, no es tan complicado.» No me habría sorprendido lo más mínimo si se hubiese frotado las manos, como un comerciante satisfecho que, después de hacer un negocio especialmente fructífero, se queda a solas con los miembros de su familia y, en ese estado de ánimo efervescente, empieza a planear otros negocios, todavía más prometedores y sustanciosos. No se apreciaba en su rostro ni la más mínima señal de vergüenza o de oprobio. Estaba contento, se le notaba una alegría infantil.

—He dormido muy bien, Eszter —me dijo, muy contento—. Como si hubiese llegado por fin a casa.

Como no le respondí, me tomó por el brazo, me condujo a un sillón y me hizo sentar con cortesía.

—Por fin te puedo mirar a gusto —me dijo con ternura—. No has cambiado nada. En esta casa se ha detenido el tiempo.

Mi silencio no lo alteró en absoluto. Iba y venía, miraba las fotografías, se detenía y acariciaba su cabello ralo y canoso con el consabido movimiento pedante de los artistas. Recorrió la habitación sin una pizca de timidez, como si hubiese salido de ahí hacía poco —y ya hacía veinte años—, sólo para un período corto, porque lo habían llamado para algo, y después hubiera regresado para continuar un diálogo inconcluso, sin prestar mucha atención, sólo por educación. Levantó de la mesa una antigua copa de cristal de Venecia y la miró con deleite.

—Te la regaló tu padre, en uno de tus cumpleaños, ¿verdad? Me acuerdo —dijo con amabilidad.

—¿Cuándo vendiste el anillo?

—¿El anillo?

Miró al techo, con expresión reflexiva y concentrada. Sus labios se movían sin pronunciar palabra, como si estuviera contando.

—No me acuerdo —respondió a continuación, afable.

—Claro que sí, Lajos —lo animé—. Haz un esfuerzo. Seguro que te acordarás.

—El anillo, el anillo... —repitió con amabilidad, meneando la cabeza, como si quisiera indicar que estaba dispuesto a responder a una pregunta caprichosa y sin importancia, fruto de una curiosidad infundada—. La pregunta es cuándo vendí el anillo. Pues creo que unas semanas antes de que muriera Vilma. Ya sabes, en aquellos días necesitábamos mucho dinero... Los médicos, nuestra vida social... Sí, creo que fue entonces.

Y me miró sonriente; sus ojos brillaban y su mirada era limpia.

—Pero Eszter... —añadió—, ¿por qué te interesa el anillo?

—Me regalaste una copia. ¿Te acuerdas? —le pregunté, acercándome a él.

—¿Que te regalé una copia? —repitió la frase de manera mecánica, retrocediendo un paso sin querer—. Es posible. ¿De verdad que te la regalé?

Seguía con la misma sonrisa, pero ya se lo notaba menos convencido. Me acerqué a la cómoda, abrí el cajón y saqué el anillo sin titubear.

—¿No te acuerdas? —le volví a preguntar, entregándole la joya.

—Sí que me acuerdo —dijo en voz baja—. Ya me acuerdo.

—Vendiste el anillo —repetí sin proponérmelo, y yo también bajé la voz, como para hablar de un asunto profundamente vergonzoso que era preciso mantener en secreto ante los demás, quizá incluso ante Dios—, y cuando regresamos del camposanto, me entregaste la copia, con un gesto grandioso, como si aquél fuera el verdadero legado de Vilma, el único objeto de valor de la familia, como algo que sólo me correspondía a mí. Yo estaba un tanto sorprendida. Hasta protesté, ¿te acuerdas? Luego, acepté y te prometí que lo guardaría y

125

se lo entregaría a Eva cuando se hiciese mayor y lo necesitara. ¿Te acuerdas?

—¿Eso prometiste? —preguntó animado—. Entonces dáselo, si te lo pide —añadió despreocupado. Dio unos pasos y encendió un cigarrillo.

—La semana pasada le contaste a Eva que yo conservaba el anillo para ella. Eva necesita dinero y quiere vender el anillo. En el momento de ponerlo a la venta se sabrá que el anillo es falso. Y naturalmente yo seré la única en haber podido falsificarlo. Esto es lo que tú has hecho —le dije, y mi voz sonaba ronca.

—¿Por qué? —me preguntó con sencillez y profunda sorpresa—. ¿Por qué la única? Pudo haber sido otra persona. Por ejemplo, Vilma.

Callamos.

—¿Dónde están tus límites, Lajos?

Parpadeó al tiempo que miraba la ceniza de su cigarrillo.

—¿Qué pregunta es ésta? ¿De qué límites me estás hablando? —me preguntó, inseguro.

—¿Dónde están tus límites? —le volví a preguntar—. Yo creo que cada ser humano tiene unos límites interiores, dentro de los cuales se sitúan sus conceptos sobre el bien y sobre el mal. Sobre todos los demás aspectos de lo que puede ocurrir entre los seres humanos. Pero tú careces de límites por completo.

—Todo eso son puras palabras —observó, con un movimiento de la mano de aburrimiento—. Lí-

126

mites, posibilidades. El bien y el mal. Son puras palabras, Eszter. ¿Has pensado alguna vez en que la mayor parte de nuestras acciones no tiene ningún sentido ni ningún fin? Uno hace lo que hace, sin pensarlo, sin obtener ningún beneficio ni ningún placer con ello. Si examinas tu vida, te darás cuenta de que has hecho muchas cosas sin querer, simplemente porque se te ha presentado la ocasión para hacerlas.

—Eso me suena muy complicado —le dije, desanimada.

—Pues no lo es. Simplemente es muy incómodo reconocerlo, Eszter. Al final de la vida, uno se cansa de cualquier acción encaminada a un fin en concreto. A mí siempre me gustaron las acciones que no tienen explicación posible.

—Pero el anillo... —repetí, obstinada.

—¡El anillo, el anillo! —protestó irritado—. No me vengas otra vez con lo del anillo. ¿Que yo le dije a Eva que tú estabas guardando el anillo? Es posible. ¿Que por qué se lo dije? Pues porque el momento era propicio para que yo dijera eso, porque ésa era la solución más obvia, la más inteligente. Tú me vienes con lo del anillo, Laci me habla de unas letras... ¿Qué pretendéis? Todo eso ya pasó, ya no existe. La vida ha acabado con todo eso, como hace siempre. No se puede vivir constantemente bajo acusaciones. ¿Quién es tan inocente, tan poderoso en su interior como tú dices, para tener el derecho de acusar a los demás durante toda una vida? Hasta la misma ley reconoce el concepto de prescripción. Vosotros sois los únicos que no lo reconocéis.

—¿No crees que eres injusto? —le pregunté, en voz baja.

—A lo mejor —respondió, también en voz baja—. ¡Límites! ¡Límites interiores! Pero si la vida carece de límites. Compréndelo de una vez. Es posible que yo le dijese algo a Eva, es posible que cometiese un error, ayer, o hace muchos años, un error relativo al dinero, al anillo, a las palabras. Nunca he decidido mis acciones. Al fin y al cabo, uno sólo es responsable de lo que decide, de lo que planea, de lo que quiere hacer. Uno es solamente responsable de sus intenciones... Las acciones ¿qué son? Son sorpresas arbitrarias. Uno se encuentra en una situación y observa lo que hace. Sin embargo, la intención, la intención sí que es culpable, Eszter. Y mis intenciones siempre han sido limpias —concluyó con satisfacción.

—Sí —le dije, sin estar muy convencida—. Es posible que tus intenciones hayan sido limpias.

—Sé perfectamente —dijo con tono suave, un tanto molesto— que yo no encajo en este mundo. ¿Qué queréis de mí? ¿Que cambie a la edad que tengo? ¿Con más de cincuenta años? Yo siempre he querido lo mejor para todos. Pero las posibilidades de lo mejor son limitadas en este mundo. La vida hay que adornarla de alguna manera, porque si no se hace insoportable. Por eso le dije a Eva lo que le dije sobre el anillo. Esa posibilidad la tranquilizó en aquel momento. Por eso le dije, hace quince años, a Laci que le devolvería su dinero, cuando sabía que nunca se lo iba a devolver, por eso dije muchas cosas a muchas personas, muchas cosas prometedoras y consoladoras, cuando en realidad sabía perfectamente que nunca mantendría mi palabra. Por eso le dije a Vilma que la amaba.

—¿Por qué? —le pregunté, y me sorprendió que mi voz sonara tranquila e indiferente.

—Porque eso es lo que quería oír —dijo con brevedad—. Porque su vida dependía de que yo le dijera eso. Y porque tú no me impediste que yo se lo dijera.

—¿Yo? —le pregunté con la voz ronca, confundida, muy confundida, con un nudo en la garganta—. ¿Qué podía hacer yo?

—Todo, Eszter —respondió entonces, con un tono de voz inocente, casi infantil, con su voz de entonces, con la voz de su juventud—. Absolutamente todo. ¿Por qué no respondiste a mis cartas? ¿Por qué no me dijiste nada, más adelante, cuando ya fue posible? ¿Por qué olvidaste las cartas en casa cuando te fuiste? Eva las encontró.

Se me acercó y se inclinó sobre mí.

—¿Tú has visto esas cartas? —le pregunté.

—¿Que si las he visto?... No te entiendo, Eszter. Esas cartas las he escrito yo.

Por el tono de su voz sentí que aquella vez, quizá por primera vez en su vida, no estaba mintiendo.

17

—Y ahora déjame que te diga algo —dijo apoyándose en la cómoda. Encendió un puro y con un movimiento despreocupado tiró la cerilla en la bandejita para las tarjetas de visita—. Entre nosotros dos han sucedido ciertas cosas que ya no pueden mantenerse en silencio durante más tiempo. Uno mantiene en silencio, durante toda su vida, las cosas más importantes. A veces, incluso hasta se muere así. Sin embargo, hay casos en que se presenta la ocasión de decir esas cosas... y entonces uno ya no puede ni debe mantenerse callado. Creo que el pecado original de la Biblia pudo haber sido un silencio así. Hay una mentira ancestral en la propia vida, y uno tarda en darse cuenta de ello. ¿No quieres sentarte? Siéntate, Esztcr, y escúchame, por favor. Perdóname, pero esta vez seré yo quien acuse y quien dicte sentencia. Hasta ahora, has sido tú. Siéntate, por favor.

Hablaba con un tono de voz educado, pero como si estuviera dando órdenes.

—Aquí —me indicó, acercándome una silla—. Mira, Eszter: nosotros dos hemos hablado de cosas distintas desde hace veinte años. Y no es tan sencillo. Tú me sacas la lista de mis pecados (tú y también los demás), y esos pecados son, lamentablemente, verdaderos. Me hablas de anillos, de mentiras, de promesas no mantenidas, de letras no pagadas. Sin embargo, hay otras cosas, Eszter. Hay cosas todavía peores. No serviría de nada enumerarlas todas... y yo no me quiero defender... Detalles así no van a decidir ya mi destino.

»Yo siempre he sido un hombre débil. Me hubiese gustado hacer algo en este mundo, y creo que disponía de algún talento para ello. Sin embargo, la intención y el talento no son suficientes. Ahora ya sé que no son suficientes. Para la creación, hace falta algo más... una fuerza especial, una disciplina; o las dos cosas juntas. Creo que es a esto a lo que se suele llamar carácter... Esa capacidad, ese rasgo es lo que me falta a mí. Es como la sordera. Como la sordera de alguien que conoce las notas musicales que está tocando, pero que no oye los sonidos. Cuando te conocí, no sabía esto con la precisión con la que te lo estoy contando ahora... no sabía tampoco que tú eres para mí mi carácter. ¿Lo entiendes?

—No —le respondí con sinceridad.

No eran sus palabras las que me sorprendían, sino su tono de voz y su manera de hablar. Nunca lo había oído hablar así. Hablaba como una persona que... Me resulta casi imposible describir su tono de voz. Hablaba como una persona que ve algo, la verdad, un descubrimiento, sin haber llegado a ello, pero atisbándolo, y que trata de comunicar desesperadamente sus impresiones a los demás. Hablaba como una persona que siente algo. Yo no estaba acostumbrada a ese tono de voz en Lajos. Lo observaba en silencio.

—Sin embargo, es sencillo —dijo—. Lo comprenderás. Tú fuiste... Tú hubieras podido ser para mí lo que me faltaba: mi carácter. Uno se da cuenta de estas cosas. Una persona que no tiene carácter o que no tiene un carácter perfecto, es un inválido en el sentido moral de la palabra. Hay muchas personas así. Son seres perfectos en todos los sentidos, pero es como si les faltara un miembro, una mano o un pie. Luego, se les pone una prótesis y se vuelven capaces de trabajar, de ser útiles para el mundo. Perdóname la metáfora, pero tú hubieras podido ser una prótesis así para mí... Una prótesis moral. Espero no ofenderte —añadió, y se inclinó hacia mí con ternura.

—No me ofendes —le dije—, pero no creo en todo eso, Lajos. Un carácter no se puede suplantar por otro, postizo. La moral no puede ser trasplantada de una persona a otra. Perdóname, pero todo eso son sólo teorías.

—No son sólo teorías. El sentido de la moral, ya lo sabes, no es un rasgo de carácter heredado, sino que es algo que se adquiere. Uno nace sin moral al-

133

guna. La moral del hombre salvaje y la moral del niño son diferentes de la moral de un juez de sesenta años que trabaja en un tribunal de casación de Viena o de Amsterdam. Uno adquiere la moral durante toda la vida, de la misma manera que adquiere modales o cultura. —Hablaba como un sacerdote: con sabiduría—. Hay personas que tienen un carácter fuerte, que son unos genios en su carácter, como hay genios en la música o en la poesía. Tú eres así, Eszter, un genio de la moral, no protestes. Yo sé que eres así. Yo, para las cuestiones de la moral, soy un sordo, un analfabeto. Por eso quise estar a tu lado, creo que sobre todo por eso.

—No lo creo —insistí, obstinada—. Y aunque así fuera, Lajos, no puedes haber deseado que alguien te estuviera acunando toda la vida por ser una persona moralmente imperfecta. Una mujer no puede ejercer de nodriza moral durante toda su vida.

—Una mujer, una mujer —repitió, haciendo un ademán de desprecio—. Se trata de ti, Eszter. Se trata de ti —dijo con decisión y cortesía.

—Una mujer —insistí, y sentí que la sangre se me subía a la cabeza—. Ya sé que se trata de mí. Hace mucho tiempo que me harté de ser el ejemplo de un ideal falso. ¡Entérate de una vez! Ya no tiene ningún sentido decirlo... Quizá tengas razón, no se puede estar callado durante toda una vida. No creo ninguna de tus teorías, Lajos, pero creo en la realidad. La realidad es que me has engañado.

Antes, con un lenguaje romántico se hubiese dicho que estabas jugando conmigo. Tú eres un jugador de cartas muy especial: alguien que juega, en vez de con cartas, con pasiones y con seres humanos. Yo era una dama en tus juegos. Luego, te levantaste de la mesa y te fuiste... ¿Por qué? Porque estabas aburrido. Te fuiste porque estabas aburrido. Ésa es la verdad. Ésa es la horrible e inmoral verdad. A una mujer se la puede apartar, tirar, como se tira una caja de cerillas vacía, por pasión, porque es así la naturaleza del hombre, porque es incapaz de mantenerse al lado de una mujer, o porque quiere lograr más, llegar más alto, y utilizar para ello a todas y a todos. Todo esto lo puedo comprender... Es infame, pero tiene algo de humano. Pero tirar a alguien sólo por aburrimiento... Eso es peor que infame. Para eso no hay perdón, porque es inhumano. ¿Me comprendes?

—Pero si yo te llamé, Eszter —dijo, en voz muy baja—. ¿No te acuerdas? Reconozco que me mostré débil. Pero, en el último momento, me di cuenta de que sólo tú me podías ayudar, y te llamé, te rogué. ¿No te acuerdas de mis cartas?

—No sé nada de ninguna carta —dije, y oí con terror que mi voz sonaba cortante, como no había sonado nunca, y que casi estaba chillando—. Es una pura mentira todo eso. Las cartas son una mentira, como el anillo, como todo lo que me has dicho o prometido. No sé nada de esas cartas, no creo en esas cartas. Hace un rato me he enterado por Eva de que había encontrado unas en la cajita de palo de rosa... Pero ¿cómo puedo saber lo que es verdad de todo esto? ¡No te creo nada! ¡No creo tampoco a Eva! ¡No creo ni siquiera en el pasado! Todo es mentira, todo forma parte de un complot, de una representación teatral, con sus accesorios, con cartas y promesas antiguas, promesas que ni siquiera fueron hechas. Yo ya no voy al teatro, Lajos. Hace muchos años que no voy al teatro, que no voy a ninguna parte. Pero conozco la realidad. ¿Entiendes lo que te estoy diciendo? Conozco la realidad. ¡Mírame! ¡Ésta es la realidad! ¡Mírame a los ojos! He envejecido. Me encuentro en el final de mi vida, como acabas de decir hace un momento, de una manera tan enternecedora y tan teatral. Sí, estoy en el final de mi vida, y tú eres el responsable de que mi vida haya transcurrido así, tan vacía y tan falsa. Tú eres el responsable de que me haya quedado sola, como una solterona que, por ahorrarse sus sentimientos, al final acaba cuidando de sus perros y de sus gatos. Tú sabes que yo no me los he ahorrado nunca, y que nunca he tenido perros ni gatos... Yo tenía personas.

—Sí —dijo con imparcialidad y con un sentimiento de culpa, bajando la cabeza—. Y eso es muy peligroso.

—Peligroso —repetí en voz baja, y luego callé. Nunca en mi vida había hablado tanto sin parar, ni de una manera tan apasionada. Me había quedado sin aliento—. Bueno, dejémoslo... —concluí. De repente, me sentí muy débil, pero no quería llorar. Crucé los brazos, manteniéndome en posición recta, pero debía de estar muy pálida, porque Lajos me preguntó, asustado:

—¿Quieres que te traiga un vaso de agua? ¿Quieres que llame a alguien?

—No llames a nadie —protesté—. No tiene importancia. Será que mi salud empieza a fallar. Mira, Lajos: mientras una persona duda de la palabra de la otra persona, o de sus sentimientos, se puede seguir construyendo una vida en común, o una relación cualquiera, sobre tal terreno movedizo. Puede tratarse de un terreno pantanoso, como suele decirse, o de arenas movedizas. Sabes que lo que estás construyendo se derrumbará un día, pero sigue siendo una tarea real, humana, una tarea designada por tu destino. Pero la persona que para su infortunio esté construyendo algo sobre ti, está perdida, porque un día tendrá que darse cuenta de que ha construido castillos en el aire, en la nada. Hay quienes mienten porque es así su naturaleza, o porque les conviene, o por intereses, o por imposiciones momentáneas. Pero tú mientes como cae la lluvia; sabes mentir con lágrimas, sabes mentir con hechos. Debe de ser difícil hacerlo. A veces pienso de verdad que eres un genio... El genio de las mentiras. Me miras a los ojos, me tocas, las lágrimas corren por tus mejillas, tus manos tiemblan, y sin embargo sé que estás mintiendo, que siempre has estado mintiendo, desde el primer instante. Toda tu vida ha sido una mentira. Ni siquiera creo en tu muerte, puesto que también será una mentira. Sí, eres un genio.

—Toma —me dijo con tranquilidad—. De todas formas, te he traído las cartas. Al fin y al cabo, eran para ti. Aquí están.

Con un movimiento sencillo y servicial, sacó las tres cartas del bolsillo de su chaqueta y me las entregó.

18

El contenido de las cartas no me interesaba demasiado en aquel momento: conocía las aptitudes de Lajos en asunto de cartas. Sin embargo, me fijé bien en los sobres. Los tres tenían mi nombre y dirección escritos con la letra de Lajos, y pude comprobar por el matasellos que las cartas habían sido enviadas veintidós años antes, durante la semana anterior a la boda de Vilma con Lajos. El hecho es que yo nunca había recibido esas tres cartas. Alguien me las había robado. El robo no debió de haber sido una tarea especialmente difícil: era Vilma la que recibía el correo de manos del cartero, con una curiosidad especial, y ella misma guardaba la llave del buzón. Examiné los tres sobres con atención y los deposité en la cómoda, al lado de la fotografía de Vilma.

—¿No quieres leerlas? —me preguntó Lajos.

—No —le respondí—. ¿Para qué? Creo que contienen lo que me acabas de contar, pero no tiene mucha importancia. Tú —añadí, contenta de haber encontrado la expresión adecuada, como si hubiera descubierto por fin algo— sabes mentir hasta con los hechos.

—Entonces, ¿nunca recibiste mis cartas? —me preguntó Lajos, con tranquilidad, dando a entender que no le interesaban demasiado mis acusaciones.

—Nunca.

—¿Quién las robó?

—¿Que quién las robó? Vilma. ¿Quién más pudo haber sido? ¿Quién más podía tener interés en ello?

—Claro —dijo—. No pudo haber sido nadie más.

Se acercó a la cómoda, miró con atención los sellos y los matasellos y luego se inclinó sobre la fotografía de Vilma, con el puro en la mano, echando bocanadas de humo; miraba la foto con jovialidad, con una sonrisa llena de interés, absorto, como si yo no estuviera en la habitación. Meneó la cabeza y, de repente, lanzó un corto silbido, un silbido lleno de reconocimiento, como cuando un ladrón expresa su admiración por el trabajo de otro ladrón. Se quedó así, con las piernas separadas, con una mano en el bolsillo de la chaqueta y con la otra sosteniendo el puro humeante, contento y satisfecho.

—Fue un buen trabajo —observó después; se dirigió a mí, se acercó y se detuvo a un paso de distancia—. Pero, en ese caso, ¿qué quieres de mí?

¿Cuál es mi pecado? ¿Qué te debo? ¿Qué gran fallo he cometido? ¿En qué he mentido? En los detalles. Pero hubo un momento —dijo, indicando las cartas— en que no mentí, en que tendí la mano porque tenía vértigo, como el equilibrista sobre la cuerda, en medio de su actuación. Y tú no me ayudaste. Nadie me tendió la mano. Así que seguí haciendo equilibrios como pude, porque a los treinta y cinco años uno no tiene ganas de caer... Ya sabes que no soy especialmente romántico ni apasionado. A mí me interesaba la vida..., las posibilidades de la vida..., el juego, como tú acabas de decir... No soy ni he sido nunca el tipo de hombre que lo arriesga todo por una mujer, por una pasión sentimental... Hacia ti tampoco me atraía una pasión irresistible, ahora ya te lo puedo confesar. Ya sabes que no quiero hacerte llorar, no necesito que te enternezcas. Sería ridículo. No he venido para pedirte nada. He venido para exigir. ¿Lo entiendes? —me preguntó en voz baja, con tono serio pero amistoso.

—¿Para exigir? —dije, y mi voz apenas era audible—. Muy interesante. Pues exige.

—Sí —dijo—, lo intentaré. Naturalmente, de una manera demostrable o legal, no tengo derecho a exigirte nada. Pero también hay otro tipo de derechos, otro tipo de leyes. Quizá no lo sepas todavía, pero ahora te vas a enterar de que aparte de las leyes morales hay otras, igual de poderosas, igual de válidas. ¿Cómo decirte?... ¿Lo sospechas ya? La gente corriente no es consciente de ello. Pero tú

141

tienes que enterarte de que a las personas no solamente las atan las palabras, los juramentos y las promesas; y que ni siquiera son los sentimientos y las simpatías los que rigen las relaciones humanas. Hay algo diferente, una ley más severa, más dura, que determina si dos personas están ligadas o no... Es como la complicidad. Esa ley fue la que estableció que yo tuviera que ver contigo. Yo conocía esa ley. La conocía incluso hace veinte años. Cuando te conocí, lo supe enseguida. No tiene ningún sentido que me haga el modesto. Creo, Eszter, que en realidad, de nosotros dos, soy yo el que tiene el carácter más fuerte. Claro, no en el sentido de los manuales de moral. Pero soy yo —el errante, el infiel, el fugitivo— quien ha podido permanecer, con todo mi empeño y convencimiento interior, fiel a esa otra ley que no figura en los manuales ni en los códigos penales, y que, sin embargo, es la verdadera. Es una ley dura. Atiéndeme. La ley de la vida dicta que acabemos lo que un día empezamos. No es precisamente un motivo de alegría. En la vida nada llega a tiempo, la vida nunca te da nada cuando lo necesitas. Durante largos años, nos duele ese caos, esa demora. Pensamos que alguien está jugando con nosotros. Sin embargo, un día nos damos cuenta de que todo ha ocurrido determinado por un orden perfecto, encajado en un sistema maravilloso... Dos personas no pueden encontrarse antes de estar maduras para su encuentro... Maduras, no desde el punto de vista de sus inclinaciones y de sus caprichos, sino en su fuero más íntimo, obedeciendo la ley irrevocable de sus destinos, de sus estrellas, de la misma manera que se encuentran dos astros, en la infinitud del universo, con una exactitud perfectamente determinada, en el instante previsto, en el instante que pertenece a los dos, en la infinitud del espacio y del tiempo, según las leyes de la astronomía. Yo no creo en los encuentros fortuitos. Soy un hombre y he conocido a muchas mujeres... Perdóname, pero te lo tengo que contar... He conocido a mujeres guapas y a mujeres entusiasmadas; y también a otras, que parecían el diablo en persona; he conocido a verdaderas heroínas, capaces de seguir a un hombre por las eternas nieves de Siberia; he conocido a mujeres maravillosas que sabían ayudar y disipar por un tiempo la infinita soledad de la vida. Sí, he conocido a muchas mujeres —concluyó en voz baja, como si estuviera hablando para sí mismo, como si estuviera repasando sus recuerdos.

Cuando se calló, le dije, con tono forzado:

—Me alegro de que hayas venido para contarme tus experiencias.

Me arrepentí enseguida de mis palabras: no tenían nada que ver conmigo, no tenían tampoco nada que ver con lo que me acababa de decir Lajos. Él me miró, tranquilo, y asintió con la cabeza, distraído.

—Qué otra cosa podía haber hecho. Siempre te he estado esperando —añadió, con amabilidad, pero sin énfasis, de una manera elegante y humilde—. ¿Qué quieres que haga? ¿Qué puedes hacer tú con esta confesión tardía que a nuestra edad ya no tiene ningún significado ni ningún valor moral? No es de buena educación decir cosas así; pero, lo sea o no, las reglas de la buena educación no sirven para nada cuando hay que hablar de la realidad. ¿Ves?, Eszter, los reencuentros son más apasionantes y más misteriosos que los primeros encuentros. Yo lo sé desde hace mucho tiempo. Ver de nuevo a alguien a quien hemos amado... ¿no es como volver al escenario del crimen, atraídos por una necesidad ineludible, como afirman las novelas de detectives? Yo sólo te he amado a ti en toda mi vida; ya sé que mi amor no se basaba en unas exigencias severas, y que yo no era muy consecuente con ello... Luego, algo sucedió, y no fue solamente que las cartas se «extraviasen», que las cartas fueran robadas por Vilma. Eso no pudo haber sido tan determinante. Lo que sucedió es que tú no querías aceptar ese amor. No trates de defenderte. No basta con querer a alguien. Hay que tener valor para amar de verdad. Hay que amar de una manera tal que ningún ladrón, ninguna mala intención, ninguna ley —ni la ley humana ni la ley divina— puedan hacer nada en contra de ese amor. Nosotros no nos amábamos con valentía... ése fue el problema. Y es tu responsabilidad, puesto que el valor de un hombre resulta ridículo en materia de amor. El amor es cosa de mujeres. Sólo destacáis

144

en eso. Y en eso fracasaste tú, y contigo fracasó todo lo que pudo haber sido, todos nuestros deberes, el sentido entero de nuestras vidas. No es verdad que los hombres sean responsables de su amor. Hubieras tenido que amarme como ama una heroína. Sin embargo, cometiste el mayor error que una mujer puede cometer: te enfadaste, te echaste atrás. ¿No lo crees así?

—¿Qué importa eso ahora? —le respondí—. ¿Qué importa ya si fue así, si lo confieso, si lo acepto? ¿Qué importa todo eso ahora? —insistí, y mi voz sonaba tan extraña como si estuviese hablando otra persona, desde la habitación contigua.

—Por eso he venido —dijo, bajando la voz, porque la habitación estaba cada vez más a oscuras, y empezamos a hablar en voz baja, sin querer, como si en la penumbra todo se volviera más tenue, los objetos e incluso nuestra propia conversación—. Quería que supieras que nada puede terminarse de una manera arbitraria, antes de tiempo, entre dos personas... ¡No puede ser! —enfatizó, y se rió muy contento. Era como si se estuviera frotando las manos con júbilo, como si en medio de una partida de cartas se hubiese dado cuenta de que había ganado, para su mayor sorpresa y placer, cuando creía que estaba perdiendo—. Tú estás ligada a mí, incluso ahora, cuando el tiempo y el espacio ya lo han destruido todo, todo lo que nosotros construimos entre los dos. ¿Lo comprendes? Tú eres la responsable de todo lo que me ha sucedido en la vida, de la misma manera que yo soy el responsable de ti, por ti..., a mi manera... Sí, a la manera de un hombre. Era necesario que te enteraras de esto. Tienes que venir conmigo, con nosotros. Nos llevaremos también a Nunu. Escúchame, Eszter, por una vez tienes que creerme. ¿Qué interés podría tener yo ahora en decirte otra cosa que no fuera la realidad, la última, verdadera y letal realidad? El tiempo lo quema todo en nosotros, todas las mentiras. Lo que queda es la realidad. Queda el hecho de que tú estás ligada a mí, por más que hayas tratado de escapar, sin importar cómo era y cómo soy yo... Claro que yo tampoco creo que una persona pueda cambiar... Tienes que ver conmigo, por más que sepas que no he cambiado, por más que sepas que soy el mismo de antes: un hombre peligroso y poco fiable. No lo puedes negar. Levanta la cabeza y mírame a los ojos. ¿Por qué bajas la cabeza? Espera, voy a encender la luz... ¿Qué ocurre? ¿Todavía estáis sin luz eléctrica?... Mira, ya se ha hecho casi de noche.

Se acercó a la ventana, miró al jardín y luego la cerró. No encendió la lámpara de petróleo que había sobre la mesa. Me preguntó así, casi a oscuras:

—¿Por qué no me miras?

Como no le di ninguna respuesta, siguió hablándome desde la lejanía y desde la penumbra:

—Si pretendes tener tú la razón, entonces ¿por qué no me miras? No tengo ningún poder sobre ti. Tampoco tengo ningún derecho. Sin embargo, no puedes hacer nada contra mí. Me puedes decir que me vaya, pero no puedes hacer nada contra mí. Me puedes acusar, pero sabes que eres la única persona con quien siempre he sido inocente. Y, sin embargo, he regresado. ¿Tú todavía crees en palabras como «orgullo»? Entre dos personas ligadas por el destino no existe el orgullo. Vendrás con nosotros. Lo arreglaremos todo. ¿Qué pasará? Que viviremos. Quizá la vida tenga todavía algo guardado para nosotros. Viviremos en silencio. A mí, el mundo ya me tiene olvidado. Vivirás conmigo, con nosotros. No puede ser de otra manera —dijo, muy decidido, muy enfadado y molesto, como si acabara de entender algo muy sencillo, claro como la luz del día, algo obvio y evidente que no se puede discutir—. No te pido otra cosa más que esto: mantente fiel por última vez al imperativo que le da sentido y contenido a tu vida.

Apenas lo veía en la oscuridad.

—¿Me has comprendido? —me preguntó desde lejos, en voz baja. Era como si estuviera hablando desde el pasado.

—Sí —le respondí sin querer, como si hablase en un sueño.

En aquel instante empecé a experimentar un entumecimiento, como el lunático en el momento de comenzar sus peligrosas andanzas nocturnas: comprendía todo lo que pasaba a mi alrededor, comprendía el valor de mis palabras y de mis acciones, veía perfectamente la gente a mi alrededor, y también

147

veía lo que el velo de los buenos modales y las convenciones cubría en ellos; y, sin embargo, sabía que estaba actuando —aunque de manera inteligente y decidida— en un estado de delirio, de éxtasis o de ensoñación. Estaba tranquila, casi alegre. Me sentía ligera y sin preocupaciones. El hecho es que comprendí algo en aquel instante, a través de las palabras de Lajos; algo que me resultaba más fuerte, más inteligible y más categórico que todo lo que él hubiese podido decir en contra de mí o en defensa de sus planes. Naturalmente, no creía ni una sola palabra suya... y esa incredulidad se me antojaba divertida. Mientras Lajos hablaba, yo comprendí algo, sin que fuera capaz de poner en palabras el sentido de esa verdad sencilla y elemental que me tranquilizaba. Lajos estaba obviamente mintiendo... No sabía exactamente en qué, pero mentía. Quizá no mintiese con las palabras ni con los sentimientos, sino simplemente con su ser; por el hecho de ser él mismo, de no poder ser otra cosa; como antaño tampoco había podido ser otra cosa de lo que fue. De repente, me eché a reír, no con ironía, sino con sinceridad, con unas verdaderas ganas de reír. Lajos no comprendió mi risa.

—¿De qué te ríes? —me preguntó con suspicacia.

—De nada —le respondí—. Continúa.

—¿Estás de acuerdo?

—Sí —le dije—. ¿Con qué? Sí, estoy de acuerdo —añadí rápidamente.

—Bien —observó—. Entonces... Mira, Eszter, no vayas a creer que puede ocurrir algo en contra de ti o en tu perjuicio. Las cosas se tienen que arreglar, de una manera sencilla y honrada. Vendrás conmigo. Nunu también. Quizá no al mismo tiempo, sino un poco después. Eva se casará. Hay que liberarla —explicó en voz baja, con complicidad—. Y a mí también. Todavía no puedes comprenderlo todo... Pero confías en mí ¿verdad? —me preguntó en voz baja, inseguro de sí mismo.

—Sigue hablando —le dije, también en voz baja, también con complicidad—. Claro que confío en ti.

—Eso es lo único que importa —murmuró, muy satisfecho—. No creas que me voy a aprovechar de tu confianza —continuó, en un tono de voz más alto—. No quiero que decidas sola. Iré a llamar a Endre. Él es amigo de la casa. Es notario, entiende de estas cosas. Es mejor que firmes delante de él —dijo con aire de generosidad.

—¿Firmar qué? —pregunté, casi susurrando, como si ya hubiese accedido a todo, como si hubiese aceptado la tarea, como si tan sólo me interesara por los detalles.

—Este documento —respondió—. Este documento que nos permitirá arreglarlo todo, para que puedas venir con nosotros, para que puedas vivir...

—¿Contigo? —le pregunté.

—Con nosotros —respondió con un tono más inseguro—. Con nosotros... Cerca de nosotros.

—Espera —le dije—. Antes de llamar a Endre..., antes de firmar..., podrías al menos aclararme una cosa con mayor precisión: tú quieres que lo abandone todo y que me vaya contigo. Eso ya lo he comprendido. Pero ¿qué ocurrirá después? ¿Dónde quieres que viva cerca de ti?

—Hemos pensado —dijo despacio, sopesando sus palabras, hablando en general— que podrías vivir cerca de nosotros. Nuestro piso, lamentablemente, no es lo suficientemente amplio. Pero hay un hogar cerca, donde viven damas solitarias. Muy cerca de donde estamos nosotros. Podríamos vernos muy a menudo —añadió con un tono motivador, como para animarme.

—Un hogar de la caridad ¿verdad? —le pregunté, muy tranquila.

—¿Un hogar de la caridad? —objetó, muy molesto—. ¡Qué palabras! Ya te digo que es un hogar donde viven auténticas damas. Como tú y como Nunu.

—Como yo y Nunu —repetí sus palabras.

Esperó un rato. Luego, se acercó a la mesa, sacó sus cerillas y con un movimiento inexperto y taciturno encendió la lámpara de petróleo.

—Piénsalo bien —me aconsejó—. Piénsalo bien, Eszter. Voy a buscar a Endre. Considéralo. Léete el documento antes de firmarlo. Léetelo con atención.

Sacó del bolsillo interior de su chaqueta un folio que estaba plegado en cuatro, y lo colocó en la mesa con un ademán modesto. Me miró otra vez de arriba abajo, con una sonrisa alentadora y benévola, se inclinó ligeramente y salió de la habitación con pasos rápidos y juveniles.

19

Cuando, transcurridos unos minutos, Endre entró en mi habitación, yo ya había firmado el documento, que era una suerte de contrato en el que yo autorizaba a Lajos a vender la casa y el jardín. Era un contrato en toda regla, repleto de expresiones jurídicas concretas, redactado con un lenguaje altisonante que recordaba el de un testamento o el de un contrato matrimonial. Lajos denominaba al documento «contrato de mutuo acuerdo». Yo era una de las partes contratantes y Lajos la otra, que —a cambio de la titularidad de la casa y del jardín— se comprometía a cuidar de mí y de Nunu «de por vida y en condiciones dignas». Las condiciones de tal cuidado no se detallaban ni se precisaban.

—Lajos me ha contado todo —me dijo Endre, cuando nos sentamos, uno enfrente del otro, al lado de la mesa redonda—. Es mi deber advertirle, Eszter, que Lajos es un canalla.

—Lo sé —le dije.

—Es mi deber advertirle que el plan y la decisión con los que ha venido hasta aquí son peligrosos, incluso aunque Lajos respete las condiciones del contrato. Ustedes, querida Eszter, hasta ahora han vivido aquí (gracias a Nunu y al jardín) en paz y en tranquilidad, aunque en condiciones humildes. Los planes de Lajos pueden parecer, por lo menos a los ojos de un desconocido, muy emocionantes. Sin embargo, yo no creo en las emociones de Lajos. Lo conozco bien, lo conozco desde hace veinticinco años. Un hombre así, un hombre como él no cambia.

—Lo sé —le dije—, él también dice que no ha cambiado.

—¿Él también lo dice? —me preguntó Endre. Se quitó las gafas, y me miró con sus ojos de miope, parpadeando, confuso—. Da lo mismo lo que él diga. ¿Ha sido sincero ahora? ¿Muy sincero? No tiene ninguna importancia. Ya conozco yo las escenas de sinceridad de Lajos. Hace veinte años, si se acuerda, Eszter... Yo me he mantenido en silencio durante veinte años. Ahora ha llegado el momento de hablar. Hace veinte años, cuando el viejo Gabor, su padre, querida Eszter... Perdóneme, pero era muy buen amigo mío, casi un hermano para mí... Hace veinte años, cuando su padre murió, y yo, como notario y amigo, tuve el triste deber de arreglar los asuntos de la herencia, descubrí que Lajos había falsificado su firma en unas cuantas letras. ¿Usted lo sabía?

—Más o menos —le respondí—. La gente decía cosas... Pero no se pudo probar.

—Sí que se pudo —me dijo, limpiándose las gafas. Nunca lo había visto tan confuso—. En el testamento encontramos las pruebas de que Lajos había falsificado las letras. Si entonces no hubiéramos arreglado las cosas, esta casa y este jardín no se habrían salvado, querida Eszter.

»Ahora ya se lo puedo contar. No fue fácil... Baste con decir que en aquella época fue cuando vi una de esas escenas de sinceridad de Lajos. Me acuerdo muy bien: una escena así no se olvida en la vida. Le repito que Lajos es un canalla. Yo fui el único entre todos que no se dejó engañar por sus números. Y él lo sabe, lo sabe muy bien, por eso me tiene miedo. Ahora que ha irrumpido en esta casa y que, por lo visto, pretende robarlo todo, todo lo que queda, y arrebatar la tranquilidad de ustedes dos (esta pequeña isla donde se han refugiado después del naufragio), es mi deber advertirla: es verdad que Lajos anda ahora con más cuidado y ya no utiliza letras. Pero parece que se encuentra entrampado, una vez más, y que no tiene otra vía de escape que regresar aquí, con el pretexto de una despedida, y llevarse todo lo que queda... Si usted le regala la casa y el jardín, yo no podré hacer nada en contra de él, desde un punto de vista legal. Nadie puede hacer nada en contra de él. Solamente yo... Si usted quiere.

—¿Qué puede hacer usted, Endre? —le pregunté, sorprendida.

Bajó la cabeza y se miró los zapatos, ramplones, abotonados.

—Pues yo... —empezó, muy confuso y avergonzado—, pues... Tiene que saber, Eszter, que yo entonces actué con ligereza y salvé a Lajos. Lo salvé de la cárcel. ¿De qué manera? Eso ya no importa. Hubo que pagar las letras, para que ustedes se pudieran quedar en la casa... No fue a Lajos a quien yo quise salvar. El hecho es que arreglamos lo de las letras. Y ustedes se quedaron aquí, en paz y en tranquilidad. Y yo permití que Lajos escapara. Sin embargo, guardé las letras, junto con las demás pruebas de lo que había hecho. Todo eso ya ha prescrito ante la ley. Pero Lajos sabe que está en mi poder, aunque la ley ya lo haya soltado de sus garras. Le ruego, querida Eszter —me pidió, con un tono casi solemne, poniéndose de pie para ello—, le ruego que me permita hablar con Lajos, que le devuelva este..., este documento... y decirles a sus invitados que se vayan. Si yo se lo digo, se irán. Créamelo —añadió con tranquilidad.

—Lo creo —le dije.

—Entonces... —dijo, muy decidido, disponiéndose a salir de la habitación.

—Lo creo —repetí rápidamente, con el aliento entrecortado. Sentí que Endre no me podía comprender, que no podía consentir lo que yo estaba dispuesta a hacer, que no lo podría comprender nunca—. Le agradezco todo lo que ha hecho y todo lo que intenta hacer por mí... Me doy cuenta ahora de todo lo que hizo por nosotras, y no sé cómo agradecérselo. Todo lo que quedó después de la muerte de mi padre se lo debemos a usted, querido Endre. Si no hubiese sido por usted, habríamos perdido la casa y el jardín, habríamos perdido todo hace ya veinte años. Todo habría sido distinto entonces, mi vida entera. Habría tenido que vivir en una casa ajena... ¿No es así?

—No del todo —respondió confuso—. No fui sólo yo... Ahora ya se lo puedo confesar. Tibor me lo prohibió en su día. Él también ayudó. Como amigo del viejo Gabor, lo hizo con placer. Se lo debíamos a él —añadió en voz baja, incómodo y con modestia.

—Tibor... —dije, y me eché a reír de lo nerviosa que estaba—. Así es la vida de una mujer, así transcurre, en la ignorancia. Sin darse cuenta de cuándo algo marcha mal y también sin darse cuenta de cuándo algo marcha bien. Todo esto es imposible de agradecer. Y hace más difícil el...

—¿Decir a Lajos que se vaya? —me preguntó, muy serio.

—Decir a Lajos que se vaya —repetí de una manera mecánica—. Sí, ahora se ha hecho más difícil. Claro, él se irá, junto con sus hijos y esas personas desconocidas... Se irán pronto, quieren aprovechar los últimos momentos de luz. Lajos se irá

157

de aquí. Pero la casa y el jardín... se los he entregado. He firmado este documento. Y a usted, Endre, lo único que le pido es que hable con él, para que cuide de Nunu. Eso es lo único que me tiene que prometer. Claro, una promesa suya no vale nada, usted tiene razón. Todo esto habría que arreglarlo por la vía legal... redactar un escrito, un escrito que tenga absoluta validez... Que ponga una parte del dinero de la venta en una cuenta a plazo fijo, para Nunu. Ella ya no necesita mucho, la pobre. ¿Se puede hacer?

—Sí —me aseguró—. Todo eso se puede hacer. Pero ¿qué pasará con usted, Eszter?

—¿Qué pasará conmigo? —repetí la pregunta—. De eso se trata, exactamente. Lajos me ha propuesto que me vaya de aquí, para vivir cerca de él. No exactamente con él... No me ha querido dar explicaciones sobre ese punto. Pero tampoco importa —añadí rápido, porque veía que Endre me miraba con seriedad y que levantaba la mano para interrumpirme—. Quisiera explicarles, Endre, a usted, a Tibor y a Laci, a todos ustedes que han sido tan buenos con nosotras... A Nunu no le tengo que explicar nada, ella lo entiende... Quizá ella sea la única en comprender que todo ha tenido que suceder así, que tuve que hacer lo que hice hace veinte años y que ahora tengo que hacer lo que estoy haciendo. Quizá ella lo comprenda. Creo que sólo pueden comprenderlo las mujeres, esas mujeres que ya no son tan jóvenes y que ya no esperan nada más de la vida. Como Nunu y como yo.

—No lo entiendo —me dijo, desganado.

—Y yo no pretendo que lo entienda. —Me hubiera gustado cogerle la mano o tocar con mis dedos su rostro viejo, barbudo, preocupado, aquel rostro de hombre triste e inteligente, el rostro de un hombre que nunca había querido importunarme, y a quien yo debía el haber podido pasar los últimos veinte años de mi vida en unas condiciones dignas y honradas—. Usted, Endre, es una persona excelente, un hombre de verdad, y se ve obligado a pensar de una manera consecuente, de la manera sabia que determinan las leyes, las costumbres o la razón. Pero nosotras, las mujeres, no podemos ser siempre tan sabias y tan consecuentes... Ahora comprendo que no es ésa nuestra tarea. Si yo hubiese sido sabia y verdaderamente sincera, habría huido, hace veinte años, con Lajos; me habría fugado de esta casa en una noche oscura, con Lajos, el novio de mi hermana; con Lajos, el falsificador de letras, el eterno mentiroso; ese desecho de la humanidad, como diría Nunu a quien le gustan ese tipo de expresiones fuertes. Eso habría tenido que hacer, si hubiese sido valiente, sabia y sincera, hace veinte años. ¿Qué habría pasado? No lo sé. Probablemente nada especialmente bueno o alegre. Pero, por lo menos, habría obedecido una ley, un orden; una ley más fuerte que las leyes del mundo y de la razón. ¿Lo com-

159

prende? Porque yo ya lo he comprendido... Lo he comprendido hasta el punto de entregarles a Lajos y a Eva esta casa, puesto que se la debo... Todo lo que tengo, se lo debo a ellos... Después, ya veremos lo que ocurre.

—¿Se irá de aquí? —me preguntó en voz baja.

—No lo sé —le respondí. De repente, me sentí muy cansada—. No lo sé todavía, no sé con exactitud lo que pasará conmigo. En todo caso, le ruego que entregue este documento a Lajos... Sí, ya lo he firmado... Pero usted, Endre, debe añadir un anexo determinante y legal, para que lo poquito que Nunu necesita no se pierda entre las manos de Lajos. ¿Me lo promete?

No respondió a mi pregunta. Cogió el contrato, con dos dedos, como si fuera un objeto sucio y sospechoso.

—Por supuesto —respondió en voz baja—. Es que yo desconocía todo eso.

Le cogí la mano, pero la solté enseguida.

—Perdóneme —le dije—, pero a mí nunca nadie me ha preguntado sobre todo ello en veinte años. Ni usted, ni Tibor... Y, quizá, ni yo misma lo sabía con certeza, con la certeza cruel con la que me he percatado de ello esta tarde. Lajos tiene razón, Endre; tiene razón al decir que en la vida hay un orden invisible y que hemos de terminar lo que un día empezamos, de la manera que podamos... Así pues, resulta que ahora lo he terminado —concluí, y me puse de pie.

—Sí —dijo, con el documento en la mano y la cabeza agachada—. No es necesario decirle que si usted se arrepintiera, ahora o más tarde, nosotros seguiremos aquí; tanto Tibor como yo.

—No es necesario que me lo diga —le dije, tratando de sonreír.

20

Hacia la medianoche oí los pasos de Nunu: subía despacio por las escaleras de madera podrida que crujían bajo sus pies; se detenía cada tres peldaños y tosía. Como la noche anterior, a la misma hora, se detuvo en el umbral, con una vela en la mano, vestida de día, con su único vestido negro de gala que todavía no había tenido tiempo de quitarse.

—No duermes todavía —constató, y se sentó en la cama, a mi lado, poniendo la vela en la mesita de noche—. ¿Sabes que se han llevado hasta las conservas?

—No lo sabía —dije, enderezándome en la cama, y me eché a reír.

—Bueno, sólo las de melocotón en almíbar —añadió, para ser exacta—. Los veinte frascos. Me los pidió Eva. Se llevaron también las flores del jardín, las últimas dalias que quedaban. No importa. Para mediados de semana, se habrían marchitado de todas formas.

—¿Quién se llevó las flores?

—La mujer.

Tosió y se cruzó de brazos. Estaba sentada, erguida, tranquila y orgullosa, como siempre, como en todas las situaciones de la vida. Le cogí la mano, huesuda: no estaba ni fría ni caliente.

—Deja que se las lleven, Nunu —le dije.

—Claro —asintió—. Que se las lleven, hija. Si no podía ser de otra forma.

—No pude bajar para la cena —le dije, y le apreté la mano en señal de disculpa—. Perdóname. ¿No se extrañaron?

—No. Más bien callaban. Creo que no se han extrañado.

Mirábamos la llama oscilante de la vela. Yo tenía frío.

—Nunu, querida —le pedí—, haz el favor de cerrar los postigos. Luego, encima de la cómoda encontrarás tres cartas. Tráemelas, querida.

Caminaba a pasos lentos por la habitación. Su sombra parecía gigantesca en las paredes. Cerró las ventanas, me trajo las cartas, me cubrió con la manta y se volvió a sentar en el borde de la cama, cruzando otra vez los brazos, con un gesto un tanto solemne. Con su vestido de gala parecía participar de la fiesta extraña y amarga de la vida, una fiesta singular que no era ni una boda ni un entierro. Allí estaba, sentada y en silencio.

—Tú me entiendes, ¿verdad, Nunu? —le pregunté.

—Te entiendo, hija mía, te entiendo —me respondió, abrazándome.

Nos mantuvimos así, esperando que la vela ardiera hasta el final, o que se detuviera el viento que azotaba el jardín desde la medianoche, arrasando las hojas mojadas de los árboles, esperando la llegada del alba: no sé ni yo misma qué más esperábamos. Yo temblaba de frío.

—Estás cansada —me dijo, y me volvió a cubrir.

—Sí —le dije—. Estoy agotada. Ha sido demasiado para mí. Me gustaría dormir. Nunu, querida, por favor, léeme estas tres cartas.

Sacó las gafas de montura de metal del bolsillo de su delantal y examinó las cartas con mucha atención.

—Las ha escrito Lajos —constató.

—¿Has reconocido su letra?

—Sí. ¿Las has recibido ahora?

—Ahora mismo.

—¿Cuándo las escribió?

—Hace veinte años.

—¿Se debe a un error del correo el que no las hayas recibido hasta ahora? —me preguntó con curiosidad y recelo.

—No, no es por el correo —le dije, sonriendo.

—Entonces, ¿por qué?

—Por Vilma.

—¿Te las robó?...

—Así es.

—Claro —dijo, suspirando—. Que descanse en paz. Nunca la quise.

Se ajustó las gafas, se inclinó hacia la llama y empezó a leer una de las cartas, con una voz melodiosa, como de colegiala:

—«Amor mío —empezaba la carta—, la vida juega con nosotros de una manera maravillosa. No tengo más esperanza que haberte encontrado a ti para siempre»...

Dejó de leer, se puso las gafas sobre la frente, me miró con ojos brillantes y me dijo, emocionada y entusiasmada:

—¡Qué cartas más maravillosas sabía escribir!

—Es verdad, escribía unas cartas maravillosas. Sigue leyendo.

Sin embargo, el viento, aquel viento de finales de septiembre que estaba merodeando alrededor de la casa, abrió los postigos de la ventana con un empujón, agitó las cortinas y, como si trajera alguna noticia de algún lugar, tocó y removió todo en mi habitación. Luego, apagó la vela. Eso es lo último que recuerdo. Y, de una manera imprecisa, también recuerdo que Nunu volvió a cerrar la ventana, y que yo me quedé dormida.